심리학이 결혼을 말하다

심리학이 결혼을 말하다

'두려움'과 '설레임' 사이에서 길을 찾다

가야마 리카 지음 ♥ 이윤정 옮김

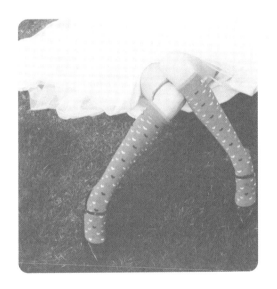

Contents

왜 21세기가 되었는데도 아직도 우리는 '결혼'이라는 문제를

끌어안고 끙끙대고 있을까?

너무 고리타분하고, 때론 한심하고 지긋지긋하다는 생각이 들지 않는가.

내가 운영하는 클리닉에는 많은 여성들이 찾아오는데,

그녀들이 안고 있는 고민들 중 가장 큰 문제가 바로 '결혼'이다.

결혼을 한 사람이든, 못하거나 또는 하지 않은 사람이든,

한결같이 '결혼'이라는 화두를 놓지 못하고 끈덕지게 매달리고 있는 것이다.

한 사람의 인생을 결정하는 인륜지대사(人倫之大事)이기 때문에? 그럴 것이다.

순간의 선택, 한번의 결정이 자기 인생을 통째로 들었다 놓았다 할 수 있는

예민하고도 절박한 사안이기 때문에, 아무리 첨단 문명을 걷는 시대라고 해도

비껴갈 수 없는 것이 '결혼'이라는 건 옳은 말이다.

하지만 그래도 좀 심하다고 생각하지 않는가.

거의 히스테리적이고 강박적이라고 할 정도로 오늘날 결혼이 모든 사람의

내면을 휘어잡고 있다고 생각되지 않는가.

특히 기혼이든 미혼이든, 여성들에게 이 문제는 남자들보다 더 심각하고

시급하게 다가오는 것 같다.

CHAPTER 01

결혼이
무섭다

결혼 앞에 장사 없다

왜 21세기가 되었는데도 아직도 우리는 '결혼'이라는 문제를 끌어안고 끙끙대고 있을까? 너무 고리타분하고, 때론 한심하고 지긋지긋하다는 생각이 들지 않는가.

내가 운영하는 클리닉에는 많은 여성들이 찾아오는데, 그녀들이 안고 있는 고민들 중 가장 큰 문제가 바로 '결혼'이다. 결혼을 한 사람이든, 못하거나 또는 하지 않은 사람이든, 한결같이 '결혼'이라는 화두를 놓지 못하고 끈덕지게 매달리고 있는 것이다.

한 사람의 인생을 결정하는 인륜지대사人倫之大事이기 때문에? 그럴 것이다. 순간의 선택, 한번의 결정이 자기 인생을 통째로 들었다 놓았다 할 수 있는 예민하고도 절박한 사안이기 때문에, 아무리 첨단 문명을 걷는 시대라고 해도 비켜갈 수 없는 것이 '결혼'이라는 건 옳은 말이다.

하지만 그래도 좀 심하다고 생각하지 않는가. 거의 히스테리적이고 강박적이라고 할 정도로 오늘날 결혼이 모든 사람의 내면을 휘어잡고 있다고 생각되지 않는가. 특히 기혼이든 미혼이든, 여성들에게 이 문제는 남자들보다 더 심각하고 시급하게 다가오는 것 같다.

여기서 잠깐, 김칫국물부터 마시는 남성 보수주의자들에게 먼저 경고 해 둬야겠다. 사회진출이다 뭐다 아무리 떠들어대고 잘난 체 해도 결국 여자들 머릿속은 온통 결혼 문제로 가득 차 있지 않느냐, 그러니 여자란 가정을 지키고 아이를 잘 키우는 게 본연의 임무이고, 괜히 남자들 밥그릇을 가로채서 실업률만 높이는 짓은 하지 않는 게 좋다고 핏대를 세우시는 양반들!

이 책에서 내가 하고자 하는 말은 그런 흘러간 옛 이야기가 아니다. 내가 클리닉에서 만나는 여성들은 대개 직장을 다니고 있거나 과거에 직장을 다녔던 사람들이다. 그들이 상담을 받는 표면적인 이유는 일에 치여서 만성적인 피로에 시달린다거나, 아무리 빨고 씻어도 얼룩이 가시지 않는 것 같은 정신적인 강박증을 치료해달라는 것이다. 결혼을 해야 할

지 말아야 할지 모르겠다거나, 결혼도 못한 여자라는 패배의
식에 시달리기 때문에 나를 찾는 여성은 거의 없다. 적어도
겉으로는 말이다.

하지만 그들의 이야기를 찬찬히 듣다 보면 결국은 결혼을
둘러싼 갈등과 고민이 서서히 떠오르게 된다. 미혼이든 기혼
이든 크게 다르지 않다.

물론 여성들만 그런 것은 아니다. 남성들도 덜하지 않은
데, 단지 그들은 사회적인 지위나 수입이 자신의 위상을 결
정짓는다는 환상에 빠져 사느라 결혼에 얽힌 문제를 의식하
지 못할 뿐이다. 하지만 그들도 결혼이라는 문제를 정면으로
응시하는 순간 이러지도 저러지도 못하는 자신을 깨닫게 될
것이다.

❋ '좋은 사람' 만나면 결혼한다?

싱글들의 결혼기피증에 대해 언론에서나 정부는 무슨 대
단한 사회적 문제인 양 다루고 있다. 보기에 따라서는 그럴
지도 모른다. 하지만 문제를 차근차근 따져 들어가 보면 속
사정이 간단치만은 않다. 싱글들이 무조건 결혼을 기피하는
건 아니다. 그들 중 대부분은 '좋은 사람'만 나타나면 언제

든지 결혼하겠다고 말한다. 단지 '좋은 사람'을 만나기가 쉽지 않은 것이다.

그런데 싱글 여성들이 말하는 '좋은 사람'이란 어떤 사람일까? 고액 연봉을 받는 능력 있는 직장인? 안정된 수입과 자리가 보장된 공무원? 소위 '사'자 돌림의 의사, 변호사, 검사, 판사 등등의 사회적 지위가 높은 사람? 물론 그런 외적 조건만을 높이 사는 여성들도 있는게 사실이지만, 대부분은 '좋은 사람'이라고 할 때 자신을 아끼고 이해해주는 사람을 말한다. 외모나 학력은 그저 그렇더라도 이른바 '느낌'이 통하는 사람 말이다.

싱글들은 외적 조건이 완벽하게 갖추어진 남자랑 결혼을 하더라도 후회하지 않고 살아 가기가 힘들다는 것을 어렴풋이 느끼고 있다. 안정된 직장을 다니거나, 차남이어서 시부모를 모실 필요가 없는 등등의 좋은 조건을 가진 남성과 결혼하더라도 행복하지 않을 수 있는 것이다. 그래서 '좋은 사람'이라는, 단순해 보이지만 가장 확실한 조건을 포기하지 못하는 것이다.

만약 요즘 일부 여성들이 그렇듯이 현실적인 조건에만 큰 비중을 둔 나머지 '좋은 사람'이라는 조건을 포기하고 결혼하면 어떤 일이 벌어질까?

그런 여성들의 문제를 살펴보기 전에, 기혼 여성들 앞에 '뒤늦게 나타난 좋은 사람' 이야기를 한번 해보자. 일본에서는 몇 년 전부터 드라마 〈겨울연가〉에서 여성들의 마음을 사로잡은 한류 스타 욘사마, 즉 배용준의 인기가 식을 줄 모르고 있다. 그런데 욘사마의 팬들은 대부분이 중년 주부라고들 하는데 과연 사실일까?

한 조사기관이 배용준의 일본 공식 팬 사이트 방문자의 특성을 조사한 결과, 여성이 82퍼센트이고, 연령별로도 30대 이상이 약 80퍼센트를 차지한다고 한다. 좀 더 세분하면 30대가 35퍼센트, 40대가 31퍼센트, 50대 이상이 21퍼센트이다. 인터넷을 이용하는 연령대는 30대 이하가 많으니, 실제로 욘사마 팬들 가운데에서 40대와 50대가 차지하는 비율은 이보다 더 높을 것이라고 한다.

욘사마 열풍은 평소 드라마를 자주 보는 전업주부에만 해당하는 얘기가 아니다. 주위를 둘러봐도 40~50대 의사나 전문직 여성들 가운데 욘사마 팬이 많다. 평소 드라마나 가요 프로그램에 대해 무관심한 척하던 그들이 유독 〈겨울연가〉 이야기만 나오면, 위성방송에서 처음 방영할 때부터 보았다느니 한정판 DVD를 예약해서 샀다느니 하며 경쟁이라도 하듯 이야기 보따리를 풀어놓는다.

미소년 그룹을 좋아해서 콘서트장까지 갔다는 얘기를 살짝 털어놓는 사람은 예전에도 있었지만, 욘사마의 경우는 그런 것과는 다르다. 주책없이 드라마에 열을 올리는 모습이 창피하다는 의식마저 완전히 상실한 것 같다.

욘사마 사진전을 보러 가야 하니 다음 주 세미나에 못 나온다고 회의석상에서 당당히 발언하는 여성도 있다. 회의실에 있던 사람들에게 곱지 않은 시선을 받을 것이 뻔한데도 당사자는 그런 것쯤 개의치 않는다는 듯이 떳떳하기조차 하다.

〈겨울연가〉를 보면서 눈물을 흘리고 욘사마를 보러 나리타 공항까지 가는 40대, 50대 여성들은 자신을 규정하는 모든 외적인 조건들, 이를테면 중년의 나이며, 가정주부나 변호사라는 신분에서 해방되어 욘사마라는 멋진 남성과 그 남성을 좋아하는 자신에게 도취되어 말하고 행동하는 것이다. 나이와 외모, 직업이나 가족 따위는 깡그리 잊은 채 단지 이 멋진 남성을 좋아하는 자신만을 의식할 뿐이다.

실제로 욘사마를 만날 수도 없거니와 설사 만난다하더라도 연애를 할 수 없는 노릇이라는 건 그들도 잘 알고 있다. 그들은 〈겨울연가〉라는 절호의 시뮬레이션 장치를 통해서 자신들의 환상을 충족시키고 있는 것이다. 더구나 상대는 가깝다고는 해도 이국땅에 사는 만나기 힘든 존재이니 현실 생활에 아무런 지장을 주지 않는 안전한 대상이기도 하다.

그렇게 가상 속의 '좋은 남자' 욘사마를 흠모하면서 그들은 평소에 자신을 옭아매왔던 온갖 외압에서 해방되는 기쁨과 행복을 맛보는 것이다. 과장해서 말하면 '사랑을 위해 살아가는' 그 달콤한 맛을 알아버린 것이다.

또 욘사마는 단순히 잘생긴 스타에 머물지 않는다. 사생활에서도 결코 흐트러진 모습을 보이지 않고 언제나 예의 바르며, 팬들을 '가족'이라고 부를 만큼 박애주의자의 면모를 보이기도 한다. 많은 여성들은 그런 '좋은 사람 욘사마'를 흠모하는 데서 행복과 자존심, 자부심을 느낀다. 나아가 욘사마에게 부끄럽지 않도록 열심히 살아야겠다고 다짐하고 스스로에게 용기를 북돋우기도 하는 것이다.

🌸 남편과 애인과 한집에 살어리랏다

그렇지만 욘사마 열풍이 여성들에게 결코 좋은 것만은 아니다. 그 이면에는 대단히 심각한 문제가 감추어져 있다.

많은 40대, 50대 주부들이 자신의 역할과 처지를 잊은 채 '좋은 사람 욘사마'를 통해 사랑을 위해 사는 기쁨과 자존심을 회복하는 것은 슬픈 일이다. 드라마 속 인물을 통해 사랑을 발견하지만 현실은 전혀 다르기에 슬픈 것이다. 욘사마에게 열광하는 것과는 정반대로 현실에서는 항상 타인의 시선을 의식하면서 나이와 역할에 맞게 발언하고 행동해야 한다. 특히 누군가를 좋아하거나 동경하는 감정을 품거나 그 감정을 바탕으로 뭔가를 시도해볼 기회가 주어지지도, 허용되지도 않는다.

그렇게 사는 동안 인간으로서의 자존심과 자부심은 사라지고 무엇을 위해 사는지조차 알 수 없게 된다. 사는 게 다 그렇고 어쩔 수 없는 일이라고 스스로에게 타이르며 살아갈 수밖에 없다.

여기서 한 가지 짚고 넘어가야 할 것은 그들 대부분이 결혼한 여성이라는 점이다. 남편이 있다는 말이다. 그러나 남편은 순애보의 카타르시스를 안겨주거나, 멋진 남자를 사랑하고 싶다는 여자의 자부심과 자존심을 일깨워줄 만큼 '좋은 사람'이 아닌 것이다.

욘사마를 위해서라기보다는 자신의 삶과 여성성의 회복을 위해 〈겨울연가〉에 빠져드는 주부들에 대해 작가인 오카자키 다케시는 이렇게 말한다.

주간지마다 '욘사마 일본 방문!'이란 화제로 연일 떠들썩하다. 일본에서 엄청난 붐을 일으킨 한국 드라마 〈겨울연가〉의 주연배우 배용준. 그 '미소의 귀공자'를 먼발치에서라도 보기 위해 아줌마 부대 5천 명이 하네다 공항에 몰려들었다고 한다. 사태 파악을 못한 40, 50대 남편들이 아침 밥상에서 게이처럼 생긴 저런 녀석이 뭐가 좋다고 난리법석이냐고 헐뜯기라도 하면, 한동안 아내는 토라져서 말도 안 할 것이다.

나는 〈겨울연가〉를 보면서 30년 전 순정만화 같다는 생각이 들었었다. 순애보, 기억상실, 오해의 연속, 그리고 감동……. 주인공의 망상이 단순한 스토리를 사정없이 꼬아가는 것이다. 소녀 시절에 순정만화나 로맨스 소설을 읽었던 여성들이 〈겨울연가〉에 빠지는 것은 어쩌면 당연하다.

쉰다섯 살의 주부가 "이 드라마를 만난 것은 55년 인생에서 최고의 사건이다"라는 말을 하게끔 만든 잘못은 바로 남편, 당신에게 있다.

오늘밤에 아무 말 말고 아내에게 북극성 목걸이를 선물해보라. 그것이 부부 화합의 비결일지니.

"잘못은 바로 남편, 당신에게 있다"라는 오카자키의 지적은 옳다. 하지만 〈겨울연가〉에서 배용준이 여주인공에게 선물했던 북극성 목걸이(드라마에서 중요한 구실을 하는 모티브)를 선물하면 금실 좋은 부부로 돌아갈 수 있다는 조언은 너무 안이한 발상이다.

결혼한 여성들 대부분은 아내와 어머니와 며느리의 역할에 갇혀서 살아간다. 나이와 역할에 얽매여 여성 본연의 감정을 품거나 드러내는 것조차 허용되지 않는다. 그러다 보면 한 인간으로서, 여자로서의 가치와 자존감마저 빼앗아가는 현실에 대해 불만이 쌓여간다.

이들이 〈겨울연가〉를 통해 단순히 로맨틱한 순정만화의 세계를 체험하는 것만은 아니다. '좋은 사람'이란 그 사람을 사랑함으로써 자신의 자존심과 자부심이 높아지는 그런 사람이다. 그 사람을 포기하고 '좋은 사람'이 아닌 사람, 혹은 예전에는 '좋은 사람'이라고 생각했지만 그렇지 않은 사람과 결혼해버린 주부들은 결국 드라마나 영화의 세계에서 '좋은 사람'을 찾음으로써 자기 회복을 꾀하고 있는 것이다.

욘사마라는 '좋은 사람'에 빠져 사는 주부들은 행복하다. 그들은 욘사마를 통해 사랑하는 기쁨과 해방의 즐거움을 만끽하고 있다. 그러나 현실을 버리고 한국으로 이주한들 꿈꾸던 삶을 얻을 수 없다는 것도 잘 안다. 그래서 '좋은 사람'이 아닌 남편과도 지낼 수 있는 것이다.

다음 장에서는 '좋은 사람'을 만나지 못한 주부들의 우울증에 대해 구체적인 사례를 들어가며 살펴보자.

얼마 전 생명보험문화센터가 수도권에 거주하는

35~54세 독신 남녀를 대상으로 조사한 바에 따르면 '결혼할 생각이 없다'고 대답한

비율이 남성은 25.3퍼센트인 데 반해, 여성은 49.4퍼센트로 절반에 달했다.

또 결혼을 원한 사람들 중에도 '자녀를 원하지 않는다'는 대답이

남성은 41.3퍼센트인데 반해, 여성은 71.3퍼센트로 여성이 훨씬 높았다.

이 통계를 보고 어떤 이들은 35세가 넘으면 현실적으로 결혼하기가 어려워지니까

결혼을 포기하는 여성이 많은 것이지, 지금보다 젊었다면

대부분 결혼을 원했을 것이라고 해석할 지도 모르겠다.

또 자녀를 원하지 않는 여성이 많은 까닭도 자신들이 출산하기에는

이미 나이가 너무 많이 들었다는 사실을 잘 알기 때문이라고 해석할 지도 모른다.

하지만 그들이 생각하듯이 '결혼할 생각이 없다'거나 '자녀는 필요 없다'고 대답한 35세 이상의

싱글 여성들은 시기적으로 늦었다고 체념하면서 결코 무기력하게 살고 있지는 않다.

오히려 대부분은 현재의 독신 생활이 결혼 생활에 비해 장점이 많다고 여긴다.

그들이 싱글 생활의 장점으로 꼽는 점은 다음의 세 유형으로 나눌 수 있다.

CHAPTER 02

결혼해도
생기는
고민들

싱글, 이보다 더 좋을 수 없다

얼마 전 생명보험문화센터가 수도권에 거주하는 35~54세 독신 남녀를 대상으로 조사한 바에 따르면 '결혼할 생각이 없다'고 대답한 비율이 남성은 25.3퍼센트인 데 반해, 여성은 49.4퍼센트로 절반에 달했다. 또 결혼을 원한 사람들 중에도 '자녀를 원하지 않는다'는 대답이 남성은 41.3퍼센트인데 반해, 여성은 71.3퍼센트로 여성이 훨씬 높았다.

이 통계를 보고 어떤 이들은 35세가 넘으면 현실적으로 결혼하기가 어려워지니까 결혼을 포기하는 여성이 많은 것이지, 지금보다 젊었다면 대부분 결혼을 원했을 것이라고 해석할 지도 모르겠다.

또 자녀를 원하지 않는 여성이 많은 까닭도 자신들이 출산하기에는 이미 나이가 너무 많이 들었다는 사실을 잘 알기 때문이라고 해석할지도 모른다.

하지만 그들이 생각하듯이 '결혼할 생각이 없다'거나 '자녀는 필요 없다'고 대답한 35세 이상의 싱글 여성들은 시기적으로 늦었다고 체념하면서 결코 무기력하게 살고 있지는 않다. 오히려 대부분은 현재의 독신 생활이 결혼 생활에 비해 장점이 많다고 여긴다. 그들이 싱글 생활의 장점으로 꼽는 점은 다음의 세 유형으로 나눌 수 있다.

●○● 자아실현형

독신이 좋은 이유로 시야가 넓어진다, 폭넓은 교우 관계를 유지할 수 있다, 일을 계속할 수 있다, 생활이 단조롭지 않다, 가족들을 보살필 수 있다, 이성 교제가 자유롭다 등을 꼽았다. 전체의 37.4퍼센트가 여기에 속한다.

●○● 자유 선호형

독신이 좋은 이유로 행동이 자유롭다, 시간에 구속되지 않는다, 자유롭게 살 수 있다 등을 꼽았다. 전체의 62.8퍼센트로 절반 넘는 싱글들이 여기에 속한다.

●○● 경제적 이익형

가족을 부양하지 않아도 되니 편하다, 경제적으로 여유롭다, 주거 환경의 선택 폭이 넓다 등을 꼽았다. 전체의 39.9퍼센트가 여기에 속한다.

참고로 복수 응답을 한 사람이 있기 때문에 전체 합계는 100퍼센트가 넘는다.

싱글 생활에서 적극적인 의미를 발견하는 자아실현형에는 여성이 많다. 비율로 따지면 남성의 3배에 이른다. 이들은 여행이나 관광, 스포츠와 레크리에이션 활동, 예술 감상과 수집 활동, 가족과의 교류, 일과 봉사활동 등 다양한 활동을 선호한다.

따라서 싱글 여성들은 현재의 생활에 대한 만족도가 높을 뿐 아니라 모든 면에서 남성보다 생활 만족도가 더 높다. 현재 생활에 대한 남성의 만족도는 26.4퍼센트에 그치지만 여성은 40.5퍼센트이다.

🌸 못 하 는 게 아 니 라 안 하 는 것!

결국 어떤 이유에서건 현재 독신으로 지내는 35세 이상 남녀 중에서, 특히 여성들은 싱글만이 누릴 수 있는 생활에 나름대로 만족하며 살고 있다는 것을 알 수 있다. 그들이 결혼할 마음이 없고, 자녀 없는 생활에 만족하는 것은 나이라는 제약에 걸려 어쩔 수 없이 결혼과 출산을 포기했기 때문이 아니라는 말이다. 그건 사람들의 편견과 고정관념일 뿐이다.

결혼 문제를 계속해서 다루어온 시사주간지 〈아에라〉가 독신남녀 1,200명을 상대로 실시한 조사에서도 결혼을 못하는 것이 아니라 안 하는 경향을 확인할 수 있다.

'결혼은 이득인가 손해인가' 라는 질문에 대해 30대 싱글 여성 중에서는 득보다 손실이 크다고 생각하는 사람이 두 배 이상 많았다.

결혼했을 때의 이득으로는 좋아하는 사람과 함께 지낼 수 있다, 고민을 털어놓을 상대가 생긴다, 외롭지 않다 등 추상적인 내용이 많았다. 반면 손해로는 자유를 빼앗긴다, 시댁과의 관계가 두렵다, 타인과 함께 사는 것이 피곤하다 등 보다 절실하고 현실적인 것들이었다.

좋아하는 사람과 함께 지내서 좋다는 것은 혼자보다는 둘이 낫다는 식의 애매한 긍정론이라고 할 수 있다. 하지만 타인과 함께 살면 피곤하다는 이유는 생각만 해도 맥이 탁 풀릴 정도로 혐오감을 불러일으킨다.

'이득' 항목은 그 자체로 결혼을 결심하게 만들 만큼 매력이 없지만, '손해' 항목은 그 자체만으로도 결혼을 기피하게 만들 만큼 위력을 가진다고 할 수 있다. 결국 결혼을 이익이라고 생각하는 사람들 가운데 곧장 결혼으로 직행하는 사람은 많지 않으며, 나이가 들수록 손해라고 생각하는 사람이 늘어날 것이라는 예상을 어렵지 않게 할 수 있다.

2004년 말에 약혼을 발표한 아키히토 일왕의 장녀인 노리노미야 공주는 결혼을 결심한 경위를 묻는 기자들의 질문에, 자주 만나면서 '점차 자연스럽게' 결혼에 대한 의식이 싹텄다고 대답했다.

하지만 결혼이 이익보다 손해가 크다고 생각하는 30대 독신 여성이라면 대화를 나누거나 테니스를 치는 동안에 '점차 자연스럽게' 결혼으로 마음이 기울지는 않는다. 많은 여성들은 노리노미야 공주라고 해서 크게 다르지 않다는 것을 알기에 '점차 자연스럽게' 결혼을 생각하게 되었다는 발언을 곧이곧대로는 믿지 않을 것이다.

손해를 감수하고라도 결혼하기 위해서는 상당한 동기가 필요하다. 나이가 들수록 눈이 낮아져 결혼하기 쉬울 것 같지만, 그 반대로 결혼을 결심하기가 점점 더 어려워지는 법이다.

노리노미야 공주가 어떤 계기로 결혼을 결심했는지는 모

르겠지만, 비슷한 세대의 여성들이 모인 자리에서는 대개 이런 이야기가 오고갔다. 아버지가 항암 호르몬 치료를 받고 있으니 불안했을 것이라느니, 오빠네 부부 문제가 자꾸 불거지다 보니 집안의 조정 역할을 자신이 떠맡아야 하는 상황이 부담스러웠을 것이라는 등의 이야기였다.

물론 노리노미야 공주가 불안하고 답답한 처지가 싫어서 결혼을 결심했다고 단언할 수는 없다. 그러나 평범한 여성들이 나누는 이야기에서 중요한 사실을 알 수 있다. 적어도 30대 여성들이 이익보다는 손해가 크다는 것을 알면서도 굳이 결혼을 결심하는 까닭은 결혼 안 하고 혼자 살기가 무섭기 때문이다. 좋아하는 사람과 함께 살고 싶다거나 화목한 가정을 꾸리고 싶다는 긍정적인 이유보다는 혼자서는 불안해서, 또는 시집가지 않고 있으면 온갖 자질구레한 집안일을 떠맡아야 하는 두려움이 크게 작용한다는 말이다.

쉽게 말해 결혼하면 꿈같은 생활이 기다리고 있다는 식의 사탕발림에 넘어가서 결혼하는 사람은 별로 없는 반면, 결혼하지 않으면 이러저러한 끔찍한 신세로 전락할 수 있다는 주위의 협박성 발언이나 본인의 불안은 여전히 먹히고 있다는 말이다.

🌸 너 아직도 결혼 안 했니?

나중에 자세히 이야기하겠지만, 출산에서도 결혼과 비슷한 사태가 벌어지고 있다. 요즘은 아이들이 천사처럼 사랑스럽다거나, TV에서 유명인이나 연예인들이 자녀를 안고 있는 장면을 보고 부러워 결혼을 동경하는 사람은 많지 않다.

대신 40대를 앞둔 시점에서 몇 년 안에 대책을 강구하지 않으면 평생 출산을 못할 수도 있으니 정신 차리라는 '협박성 정보'를 접한다면 누구든 결혼을 생각하지 않을 수가 없게 된다.

현재 낮은 출산율이 사회문제로 떠오르면서, 불임치료를 받는 여성의 수가 늘어나고 있다. 이것은 더 늦기 전에 아이를 낳으려고 뒤늦게 출산에 임하는 여성들이 늘고 있음을 잘 말해준다. 남성은 상대적으로 출산 연령에 제한이 덜하지만, 그들도 40대 즈음이 되면 갑작스레 여성들과 비슷한 협박성 정보에 노출되는 경우가 많다.

노리노미야 공주와 도쿄 도청에 근무하는 구로다 요시키의 결혼 발표가 있은 후에, 구로다의 직장 상사에 해당하는 도쿄 도지사는 이런 말을 했다.

"도청 직원이 천황가의 공주를 아내로 맞이한다니 경축할 일이다. 내가 만난 구로다는 밝고 경우 바른 청년이었다. 아무튼 서른아홉이라는 적지 않은 나이에 이렇게 혼사가 결정되어 다행이다. 천황 폐하와 황후 폐하께서도 따님이 약혼하시니 한시름 놓으셨을 것이다."

도쿄 도지사의 차남인 배우 이시하라 요시즈미는 아버지에게 마흔 살까지 결혼하지 않으면 부자의 연을 끊겠다는 말을 들었다고 한다. 그리고 실제로 마흔 살에 형이 소개한 의사를 만나서 3개월 후에 결혼했다.

서른아홉이면 막바지이고 마흔을 넘기고도 결혼을 못하면 끝장이라는 강박적인 생각을 도지사가 가지고 있다는 사실은, "천황 폐하와 황후 폐하께서도 따님이 약혼하시니 한시름 놓으셨을 것이다"라는 말에서 잘 드러난다.

이시하라 요시즈미가 부자의 연을 끊겠다는 아버지 말 때문에 결혼한 것인지는 모르겠지만, 결혼 적령기를 넘었다는 위기감과 결혼하지 않는 것이 불효라는 압력을 받고 있었던 것은 분명하다.

우리는 보통 20대에서 30대초만 하더라도 '결혼해서 좋을 것 없다'는 등의 부정적인 이야기를 많이 듣다가, 30대 후반으로 접어들면 갑자기 결혼과 출산 시기를 놓치지 않으려면 서두르라는 메시지를 접하게 된다. 결혼하면 손해라더니 어느새 결혼하지 않으면 큰일 난다고 난리들인 것이다. 하지만 결혼을 말리든 재촉하든 이런 메시지들은 결국 결혼이 고단하고 힘든 일이라고 겁을 준다는 점에서는 마찬가지이다.

❀ 결혼, 해도 무섭고 안 해도 무섭다

실제로 오늘날 젊은 세대에게 결혼은 꿈도 희망도 아닌 '협박'이 되고 있다. 결혼을 선택하든 아니든 결혼에 대한 긍정적인 메시지를 접할 기회가 별로 없다. 혼사가 정해지면 주변의 반응은 적령기를 넘기지 않아서 다행이라는 정도이고, 당사자의 생각도 비슷하다.

'결혼하면 큰일'이란 협박보다 '결혼하지 않으면 큰일'이라는 협박이 더 무서워서 결혼을 결심하는 형국이라고 할까. 장밋빛 찬란한 미래를 꿈꾸는 결혼이 아니라, '협박'에 떠밀려 마지못해 하는 결혼이 돼버린 꼴이다.

결혼하기도 무섭고 결혼하지 않는 것도 무섭다. 이런 분위기에서는 결혼을 하느냐 마느냐는 어떤 협박에 상대적으로 더 겁을 먹느냐에 따라 결정된다고 할 수도 있다. 참 서글픈 일이 아닐 수 없다.

도대체 왜, 언제부터 결혼은 해도 무섭고 안 해도 무서운 것이 되고 말았을까? 20~30대가 결혼에 대해 품고 있는 부정적인 이미지는 현실의 결혼 생활을 반영하고 있는 것일까, 아니면 단지 주관적인 생각이거나 대중매체로 인해 생긴 잘못된 이미지에 불과한 것일까? '결혼하기 전에는 결혼 생활이 이렇게 행복한지 몰랐다'라는 결혼정보회사의 광고는 진실을 말하는 것일까?

유감스럽게도 '결혼하면 손해'라는 미혼자들의 생각은 현실의 결혼생활을 반영하고 있는 것 같다.

✿ 욘사마랑 비교되는 세심하지 못한 남편

앞장에서 욘사마에 열을 올리는 주부들 이야기를 했다. 그들이 털어놓는 말을 간추려보면 이렇다. "남편은 성실하고 매정한 사람도 아니니 이렇다 할 불만은 없다. 하지만 왠지 모르게 가슴 한구석이 뻥 뚫린 것처럼 허전하다."

이런 말을 들으면 남편들은 호강에 겨웠다고 콧방귀를 뀔지도 모른다. 다정하고 세심한 남편이라면 아내가 원하는 게 있으면 다 사주겠다. 집안일이 힘들면 반찬은 사다먹어도 된다며 아내를 달래려 들 것이다. 그러나 이런 말을 들은 아내들은 뭘 모르면 좀 가만히 있으라고 도리어 짜증을 낼지도 모른다.

예전에 클리닉에 다니던 한 여성이 부인과 질환 때문에 입원한 적이 있다. 길지는 않았지만 입원 기간 동안에 남편은 아내를 대신해 집안일을 열심히 해주었고, 아내가 퇴원하던 날에는 회사를 쉬고 병원까지 데리러 왔다.

그녀가 퇴원을 한 뒤 다시 진료실을 찾아왔다. 그녀에게 자상한 남편을 둬서 좋겠다고 했더니 곧 얼굴을 찌푸리며 이렇게 대답했다.

"집으로 가는 차 안에서 남편이 뭐라고 했는지 아세요? 오늘 저녁밥은 어떻게 할 거냐는 거예요. 입원한 동안에 아이들 보살피고 병시중을 들어준 건 고맙게 생각해요. 하지만 방금 막 퇴원한 사람이 어떻게 저녁밥까지 신경 쓸 수 있겠어요?"

이 이야기를 들은 그녀의 남편은 저녁 준비를 하라는 뜻이 아니라 외식을 해도 좋다는 말이었다고 당황해하면서 대답했다. 그러나 그녀는 집에서 먹든 외식을 하든 그것이 문제가 아니라, 그런 상황에서 저녁밥 운운하는 것 자체가 너무 무신경한 처사라며 기분이 상했다고 했다.

남편 입장에서는 일부러 시간을 내서 병원까지 데리러 왔고, 아내를 배려해서 힘들면 외식해도 좋다고 말했는데 왜 화를 내느냐고 항변하고 싶을 것이다. 그러나 아내 처지에서는 저녁밥 이야기나 꺼낼 거면 일부러 병원까지 오지나 말지, 그 한마디를 듣는 순간 퇴원의 기쁨이고 뭐고 다 날아가 버리면서 속상해지는 것이다. 아내의 마음을 다치게 하는 것은 바로 그러한 남편의 무신경함인 것이다.

🌸 남편도 아내도 엄마가 필요하다

직장에 다니는 35세의 주부가 저녁 준비를 하는데 남편이 이렇게 말을 했다.

"당신도 고단할 테니 그냥 대충 차려."

그 한마디에 아내는 그만 속이 뒤집어지고 말았다. 남편 입장에서는 생각해서 한 말일지 모르지만, 아무리 대충이라도 저녁을 차리는 사람은 자신이라는 생각에 명치께가 확 달아올랐다는 것이다. 그래서 그녀는 이렇게 쏘아붙였다고 한다.

"당신이 그렇게 손 하나 까딱 하지 않으니까 내가 뼈 빠지게 고생하는 거 아냐."

그렇다면 앞서 병원까지 데리러온 남편을 둔 여성이나, 위의 직장을 다니는 여성은 남편에게 어떤 말을 기대했을까? 남편들은 저녁 준비를 재촉한 것이 아니라 몸도 안 좋을 테니 외식하자, 고단할 테니 대충 차려 먹자고 말했을 뿐이다. 아내들도 그런 남편의 마음을 모르는 바가 아니다. 문제는 아내에게 식사 준비를 떠맡기는 남편의 처사가 얼른 저녁 차리라는 말보다 더 야속했던 것이다.

하지만 그 아내들은 남편이 손수 저녁을 차려놓았다고 해도 어줍지 않게 생색이나 낸다고 화를 냈을지 모른다. 집에 돌아왔을 때 남편이 아무 말 없이 포토푀pot-au-feu(고기와 채소를 넣어 끓인 진한 수프—옮긴이)를 차려내 놓아도 그들은 포토푀를 먹고 싶은 게 아니라며 신경질을 부렸을지도 모른다.

이린 때 욘사마—어디까지나 여성들의 이미지 속의 욘사마—라면 어떻게 했을까? 오늘은 뭐가 먹고 싶냐, 말만 하면 무엇이든 만들어주겠다고 다정하게 말했을 것이다. 그런 말을 듣고서야 여성들은 자신이 존중받고 있다는 기분을 느낄 것이다.

그렇지 않고 무드 없이 뭘 먹겠냐고 퉁명스럽게 묻는다면 아내는 메뉴까지 일일이 정해줘야 하느냐고 벌컥 화를 낼 수도 있다. 저녁밥은 어떻게 할 거냐, 내가 준비해놓았다, 뭐가 먹고 싶냐고 묻는 대신, 집에 돌아왔을 때 아무 말 없이 먹고 싶었던 음식을 차려준다면 아내들은 만족할지도 모른다.

그런 말도 안 되는 소리는 집어치우라고 남편들은 코웃음을 치겠지만, 사실 남편들은 오랫동안 어머니에게서 그런 대접을 받아왔다. 그리고 결혼한 뒤에는 자신도 모르게 그것을 아내에게 요구해왔다는 사실을 잊어서는 안 된다.

옛날 여성들은 결혼해서 아내가 되면 어머니가 하던 역할을 그대로 물려받았다. 그러나 요즘 여성들은 남편의 어머니가 되기 위해 결혼하는 게 아니라는 사실을 잘 알고 있다. 더구나 지금의 20~40대 여성들 중에는 아들보다 귀하게 자란 사람들이 많다. 그래서 과거와 달리 아내도 남편으로부터 자상한 어머니의 모습을 기대하고 있다. 결국 남편과 아내 모두 상대가 어머니처럼 챙겨주기를 바라고 있는 것이다. 이렇게 해서야 원만한 결혼 생활을 꾸려가기가 힘겨울 수밖에 없다.

❋ 화성에서 온 남편, 금성에서 온 아내

클리닉에서 만난 한 40대 주부는 사업체를 꾸리는 남편과 사립초등학교에 다니는 두 아들을 둔 여성으로, 겉보기에는 무엇 하나 부족할 것이 없어 보였다. 하지만 느닷없이 죽고 싶다고 울어대는가 하면 별것도 아닌 일에 불같이 화를 내는 등 감정 제어에 어려움을 겪고 있었다. 심리 상담이나 약물 요법으로도 증세가 나아지지 않자, 남편은 며칠씩 직장을 쉬고 아내를 보살펴야 했다. 아내는 그런 남편에게 자기 마음을 전혀 이해하지 못한다고 심한 소리를 하며 억지를 부렸다.

어느 날 그 남편이 클리닉에 찾아와서 아내를 어떻게 대해야 할지 모르겠다며 하소연을 했다. 그가 한 말은 이렇다. 아내는 완벽주의자여서 자신이나 식구들의 사소한 결점도 지나치지 못하는 성격이다. 하지만 자신은 뭐든지 대충대충 넘어가는 성격이어서 아내가 더욱 스트레스를 받는 것 같다. 불만이 무엇인지 모르겠지만 아내의 기분을 거스르지 않으려면 어떻게 해야 하는지 가르쳐달라는 것이었다. 자신의 잘못이 크다고 말하는 남편에게서 너그럽고 인내심이 강한 성격이 엿보였다.

다음 진찰 일에 클리닉을 찾은 아내는 남편이 뭐라고 하더냐며 면담 내용에 무척 신경을 썼다. 집에 돌아온 남편은 선생님과 이야기를 나누면서 많은 것을 알게 되었다고만 하고 무슨 이야기를 했는지는 가르쳐주지 않았다는 것이다.

나는 자세한 면담 내용을 알려주는 대신, 아내를 위해 무슨 일이든지 하겠다고 말하는 남편을 보면서 참 성실한 사람이라는 생각이 들었다고만 대답했다. 그러자 그녀는 무슨 일이든 하겠다면서 무슨 일을 해야 할지 모르는 게 말이 되냐며 펄쩍 뛰었다.

남편에게 무엇을 어떻게 해달라고 말해야 할지는 그녀 자신도 모르는 것 같았다. 결국은 남편이 자신의 바람까지 헤아려서 그렇게 해주기를 원하는 것이다.

가족사회학과 가족심리학 분야의 몇몇 연구에 따르면, 결혼 만족도에서 아내와 남편은 큰 차이를 보인다고 한다. 가시와기 게이코의 《가족심리학—사회 변동·발달·젠더의 관점》에는 흥미로운 몇 가지 자료가 소개되어 있다.

20~60대 부부를 대상으로, 결혼 후의 세 시기에 걸쳐 남편과 아내에게 배우자에 대한 애정과 만족도를 살펴봤다.

결혼한 지 5년 이하에서는 남편과 아내 모두 비슷한 정도의 만족도를 나타낸다. 그러나 그 후 남편의 만족도는 급격히 높아지다가 약간 떨어지는 반면, 아내는 결혼한 지 14년이 지나면 만족도와 애정이 급격히 떨어진다. 결혼해서 15년이 지나면 남편은 결혼 당시보다 아내에 대한 만족도가 높은데 반해, 아내는 결혼 당시의 애정이 완전히 식어버리는 것이다.

따라서 다시 결혼한다면 누구와 하겠느냐는 질문을 받으면 당연히 대답에 차이가 난다. 젊은 세대든 나이 든 세대든 남편들 중 절반 이상이 '지금의 아내'라고 대답한 반면, 많은 여성들은 '다른 사람' 또는 '결혼하지 않겠다'고 대답했다.

사실은 정말 중요한 문제는 배우자에 대한 만족도의 차이가 아니다. 대개의 남편들은 만족도의 차이가 존재한다는 사실조차 모르고 있고, 아내들도 남편에 대한 불만이 무엇인지 구체적으로 설명하지 못하는 것, 그것이야말로 심각한 문제이다. 앞에서 본 것처럼 아내들은 자신을 이해하지 못하는 남편이 못마땅하면서도, 정작 남편에게 바라는 것이 무엇인지에 대해서는 제대로 설명하지 못하는 것이다.

얼굴은 웃지만 마음은 찡그리는 아내

일본의 옛날이야기인 《다케토리 모노가타리竹取物語》에는 가구야히메라는 아리따운 아가씨의 마음을 얻기 위해 다섯 명의 귀공자가 세상에서 가장 귀한 물건을 찾아 나섰다가 허탕을 치는 이야기가 나온다. 이와 비슷한 구혼 이야기는 동서고금 어디에나 많이 전해진다.

그런데 요즘 여성들은 남편에게 가구야히메가 내놓은 문제보다 더 어려운 것을 요구하는 것 같다. 무엇을 해달라고 꼭 집어서 말하지 않으면서 막무가내로 요구만 하는 것이다. 사실은 무엇을 원하는지 아내 스스로도 모르니, 남편들은 우선 그것이 무엇인지 알아내는 일부터 해야하는 실정이다.

《가족심리학》에서 가시와기 게이코도 이 점을 거론하면서, "뭐 하나 부족할 것 없어 보이는 주부들이 말로 표현할 수 없는 불안, 초조, 불만에 시달리는 양상이 오늘날 팽배해 있다"고 말한다.

또 "주부들이 강렬하지는 않지만 지속적으로 느끼는 부정적인 기분과 감정"에 대해 가족심리학 분야에서 상세한 분석이 이루어지고 있다고 소개하면서, 대개 이런 부정적인 감정은 직업을 가진 주부보다 전업주부에게서 높게 나타나며, 특히 '생활감정' 항목에서는 양자의 격차가 두드러진다고 지적한다.

여기에서 말하는 '생활감정'이란 자신의 삶을 부정하는 감정이다. 이를테면 뭔가 하고 싶긴 하지만 무엇을 해야 할지 갈피를 잡지 못하고, 지금처럼 살아도 되는지 회의가 들고, 제대로 살고 있는지 불안해하는 것을 가리킨다.

앞에서 나는 결혼하면 이익보다 손해가 많다고 생각하는 30대 여성이 늘고 있다고 했다. 결혼의 장점에 대해서 이야기할 때에도 사회에서 인정을 받고, 어른 대접을 받을 수 있고, 부모나 주변 사람들의 기대에 보답할 수 있다는 사회적 규범과 실리적인 측면을 드는 사람은 많지 않다. 대신 정신적으로 안정이 되고, 사랑하는 사람과 함께 지낼 수 있으며,

자녀나 가족이 생겨서 좋다는 대답이 증가하고 있다.

즉, 결혼이 사회적, 실리적인 것에서 정신적, 내면적인 것으로 변하고 있는 것이다. 문제는 정신적, 내면적인 만족감을 기대하고 결혼한 여성들이 결혼 후에도 정신적, 내면적인 결핍감에 시달리고 불만을 품는다는 점이다. 독신 생활의 불안감을 해소해줄 수 있는 안정된 결혼을 꿈꾸었지만, 결혼 뒤에도 여전히 불안과 회의를 떨치지 못하는 것이다.

그렇다면 이런 추측도 가능하다. 이들은 결혼 여부와 상관없이 원래부터 부정적인 감정에 쉽게 휩쓸리고 별것 아닌 일에 회의하고 고민하는 성향을 가진 것은 아닐까? 그렇지 않다면 어떻게 혼자일 때는 별 고민 없이 살던 사람들도 결혼만 하면 고민과 회의에 빠져드는 것일까?

그 인과관계에 대해서는 자신 있게 말하지 못하겠다. 하지만 경제적인 이유 때문에 결혼했다가 결혼 생활을 하면서 비로소 자신의 삶에 대해 고민하게 되었다기보다는, 막연한 불안감 때문에 결혼을 선택했지만 결혼 후에도 여전히 불안과 결핍감에서 벗어나지 못하고 있다고 보는 편이 맞을 것이다.

🌼 그대가 곁에 있어도 외롭다

그렇지만 결혼한 여자들이 느끼는 불안은 결혼 생활 내내 존재하는 감정이라고 할 수는 없다. 독신 생활이 불안해서 결혼한 사람들도 결혼해서 처음 몇 년 동안은 배우자와 결혼 생활에 만족하면서 지내는 것 같다.

하지만 5년, 10년 세월이 흐르면서 불안감이 다시 고개를 들기 시작한다. 상식적으로 생각하면 자녀가 생기고 부부간에 이해가 깊어지면서 결혼 생활에 대한 만족도가 높아져야 할 것 같은데, 도리어 부정적 감정이 강해지는 이유는 무엇일까? 《가족심리학》의 저자는 남편이 아내의 감정에 무심하고 아내를 너무 만만하게 여기는 데서 생기는 감정의 불일치 때문이라고 본다.

부부를 대상으로 한 설문 조사에서 '언제 외로움을 느끼는가' 라는 질문에 대해 1위를 차지한 대답은 남편과 아내 모두 '혼자 있을 때' 였다. 하지만 2위를 살펴보면 남편들은 '직장에 있을 때 외롭다' 고 한 반면, 아내들은 '남편과 있을 때 외롭다' 고 답했다. 남자들은 아내가 곁에 없으면 외롭고 함께 있으면 심리적 안정을 얻는데 반해, 여자들은 무신경한 남편 곁에서 더 외로움을 느낀다는 말이다.

그러나 아내들의 불만 원인을 무조건 남편의 몰이해나 아내에 대한 긴장감 부족에서만 찾기에는 무리가 있다. 왜냐하면 앞에서 지적했듯이 남편에 대해 불만이 많은 아내들에게 그러면 남편이 어떻게 해주기를 바라느냐고 물어도 신통한 대답을 듣기 어렵기 때문이다. 오히려 하나에서 열까지 물어본다는 것 자체가 남편이 무신경하고 이해심이 없는 증거라고 주장할 것이다. 내가 보기에 아내들의 가장 큰 문제는 자기 자신의 감정에 대한 이해가 부족하다는 점이다. 그것이 부부 사이에 감정의 불일치를 빚어내는 큰 원인인데도 정작 자신들은 잘 모르는 것 같다.

　욕망이 존재한다는 것은 알겠지만 그 욕망이 구체적으로 무엇인지 모르는 상태가 여자들의 불안과 초조를 부추기는 것이다. 그러면서 그 부정적인 감정을 남편의 몰이해와 결혼 생활의 문제 탓으로 돌려버리고 만다.

　부부간의 만족도가 높았던 결혼 후 초기 몇 년 동안에도 아내에 대한 남편의 이해도가 각별히 높았던 것은 아닐 것이다. 너무 삐딱하게 보는지 모르겠지만, 신혼 때 결혼 생활에 대한 만족도가 높았던 이유에는 다른 원인이 작용했을 것이다. 혼란스럽던 독신 생활에 종지부를 찍었다는 안도감일 수도 있고, 독신 친구나 동료들이 보내는 축복과 선망의 눈길이 지금의 남편과 결혼하기를 잘했다는 확신과 만족감을 불러일으켰을 수도 있다.

만약 그렇다면 아내가 진정한 의미에서 고독감에서 해방되고 남편과의 결혼 생활에 만족한 시기는 없었다고 보아야 할 것이다. 그런 여성들이 독신 시절에 느꼈던 갈등도 희미해지고 주위의 선망어린 시선도 잦아든 10년차, 15년차 주부가 됐을 때쯤 새록새록 불만의 불을 지핀다고 해서 이상할 건 전혀 없다.

내 불만은 무엇일까?

그렇다면 결혼한 여자들의 진정한 욕망은 무엇일까? 그것이 무엇이든 알아서 채워달라고 억지를 부려보지만 자신도 모르는 욕망의 정체를 남편이라고 어떻게 알겠는가?

앞서 소개한 사업체를 운영하는 남편과 두 아들을 둔 여성은 남편을 무신경한 사람이라고 몰아붙이기만 했다. 그러고는 혼자 지낼 아파트를 구해달라느니 이탈리아에 유학을 보내달라느니 실현 불가능한 요구를 들고 나와서는, 할 말을 잃은 남편에게 뭐든 다 해주겠다더니 거짓말 아니냐고 불같이 화를 냈다는 것이다.

얼마 후에 그녀의 생일이 돌아왔다. 남편은 예년보다 비싼 선물을 마련해서 아내에게 주었는데, 그녀는 풀어보지도 않고 선물을 집어던지며 이런 것 말고 다른 선물을 달라고 말했다고 한다. 남편은 그래도 아내가 자신에게 뭔가를 기대한다는 사실에 일말의 희망을 가졌다. 하지만 선물을 뜯어보지도 않고 팽개치는 것을 보고는 그 무엇으로도 아내의 비위를 맞출 수 없을 것이라며 절망했다. 진료실을 찾은 남편은 아무리 값비싼 물건이라도 괜찮으니까 무엇을 사달라고 구체적으로 말해주면 좋겠다며 씁쓸하게 웃었다.

이 이야기를 들으면서 이 여성이 너무 막무가내라는 생각이 들 것이다. 자신도 모르는 욕구를 배우자가 어떻게 해결해줄 수 있느냐고 비난하고 싶어질 것이다. 그런데 곰곰이 생각해보면 인간은 누구나 그런 막무가내식 투정을 부려 본 적이 있다. 갓난아기 때 어머니(친어머니일 수도 있고 친어머니와 같은 존재일 수도 있겠지만 여기서는 편의상 어머니라고 부르기로 하자)를 통해서이다.

정신과 의사인 마쓰키 구니히로는 《대상관계론을 배운다—클라인학파 정신분석 입문》에서 갓난아기는 배고픔과 같은 고통을 '말로 표현할 수 없는 공포'로 체험한다고 지적한다. 어른이라면 그것이 공복으로 인한 '배고픔'이고 적절한 음식 섭취를 통해 해소할 수 있다는 것을 안다. 그러나 갓난아기의 경우 배고픔이라는 고통의 정체를 모르기 때문에 그대로 있다가는 자신이 파괴되어 버릴지도 모른다고 느낀다는 것이다. 그런데 갓난아기를 그 '말로 표현할 수 없는 공포'로부터 구해주는 사람이 있다. 바로 어머니이다. 마쓰키는 저서에서 이렇게 말한다.

> 어머니는 아기의 고통에서 공포를 알아차린다. 그리고 배가 고파서 운다는 사실을 적절히 이해하고 아기를 안고 어르면서 젖을 물린다. 아기는 젖을 빠는 행위를 통해 자기 안의 고통이 어머니에게 원활히 흘러들어 완화되는 경험을 한다. 이때 어머니는 아기가 표출한 불안과 공포를 자기 안에 품는다. 그리하여 아기가 배출한 불안이나 나쁜 요소들은 어머니 속에 머무르게 되는 것이다.
>
> 비온은 고통에 시달리는 아기를 어르면서 불안을 완화해주는 어머니의 마음상태를 '공상(reverie)'이라고 불렀다. 나는 이 '공상'이란 단어에서 자장가를 흥얼거리며 아기에게 젖을 물리는 자애로운 어머니의 모습을 연상하곤 한다.

물론 아기에게 문제가 있거나 엄마에게 문제가 있어서 그 고통이 제대로 해결되지 않는 경우도 아주 간혹 있다. 하지만 대부분의 경우 아기들은 자신이 울기만 해도 어머니가 그 불안의 본질을 이해해주고, 말로 표현할 수 없는 공포를 해소해주는 그런 최고의 행복을 경험하며 자란다.

자기 자신도 모르는 욕망을 배우자가 헤아려서 채워주기를 바라는 사람들—보통 여자에게서 많이 관찰되지만 남자가 그런 경우도 있다—은 결국 상대에게 어머니의 이 같은 '공상' 기능을 요구하는 것이다. 이런 기능이 제대로 작동한다면 더할 나위 없이 좋을 것이다. 어머니라면 자기가 무엇을 원하는지 말하지 않아도 적절히 채워줄 것이다

그러나 어머니의 이 '공상'이 항상 아기의 욕구를 제대로 읽어낼 수 있는 것은 아니다. 갓난아기 때라면 '말로 표현할 수 없는 공포'라고 해야 배고픔 정도일 테니 젖만 물려주면 그만이다. 하지만 태어나서 몇 달 정도 지나면 배고픔 말고도 아기가 불안이나 공포를 느끼는 상황은 자꾸자꾸 생겨난다. 배가 고픈가 싶어서 젖을 물렸더니 기저귀가 젖어서 울었다거나, 기저귀가 젖어서 울었나 싶어서 갈아주려고 했더니 추워서 울었다거나 하는 상황이 벌어지는 것이다. 그러다가 나중에는 아기가 울어대는 이유가 무수히 많아지고, '공상'만으로는 도저히 아이의 욕구를 채워줄 수 없게 된다.

🌸 아기처럼 행동하는 아내와 남편

그렇다면 어머니는 어떻게 늘어만 가는 아기의 요구를 이해하고 그 공포를 제거해줄까? 바로 '언어와 사색의 기능'을 동원하는 것이다. 사실 이 기능은 '공상'이 통용되는 단계에서도 이미 사용되고 있었다고 마쓰키는 말한다.

갓난아기와 어머니가 함께 있는 장면을 떠올려보라. 어머니는 알아듣지도 못하는 아기에게 혼잣말을 하듯이 말을 건다. 아기가 울거나 칭얼대면 "어머, 너 배가 고픈 거구나" 혹은 "오늘은 기분이 좋지 않네. 왜 그러니?" 하고 말을 건넨다. 이 어머니가 말귀도 못 알아듣는 갓난아기에게 쓸데없는 행동을 하고 있는 것일까? 이런 행동이 기껏해야 어머니의 자기만족에 불과한 것일까? 내 생각은 다르다. 어머니가 자꾸 말을 거는 것은 아기의 언어 능력과 사색 기능을 발달시키려는 무의식적인 행위이다. 그렇다고 해서 아기가 어머니에게 고마움을 느끼는 것은 아니지만 말이다.

즉 어머니는 언어와 사색 기능을 사용해서 아기와 커뮤니케이션을 시도하는 것이다. 그런데 배우자에게 자신이 무엇을 원하는지 알아달라고 요구하는 아내나 남편은 상대방이 언어를 통해 시도하는 커뮤니케이션조차 거부하고, 떼쓰는 아이처럼 자신을 이해해주지 않는다고 짜증을 내고 비난을 퍼붓기만 한다. 도대체 왜 이들은 언어를 배우기 이전의 아기와 똑같은 행동을 하는 것일까? 또 그것을 어머니가 아닌 배우자에게 요구하는 이유는 무엇일까?

정신분석 이론에서 말하듯이 이런 사람들은 유아기에 어머니로부터의 '공상'을 충분히 얻지 못해서일까? 아니면 반대로 '공상'의 시기를 지났는데도 계속해서 어머니가 '공상' 단계에 가까운 과잉 보호를 하면서 키웠기 때문일까?

굳이 결론을 내린다면 후자가 가장 큰 영향을 미치고 있다고 생각한다. 이 점에 대해서는 뒤에서 다시 이야기하겠다.

❀ 결혼해도 외롭다?

독신들 가운데 혼자 지내는 생활을 힘겨워하는 이들은 가족도 친구도 직장 동료도 자신을 이해해주지 않는다는 불만과 불안에 차 있는 경우가 많다. 이들은 자신을 완벽하게 이해하고 헤아려줄 수 있는 누군가를 상상한다. 그래서 결혼만 하면 배우자가 자신을 이해해줄 것이고, 그러면 영원히 고독에서 해방될 수 있다고 상상하면서 결혼을 선택한다.

결혼해서 한동안은 독신을 벗어났다는 안도감과 주위의 선망어린 시선에 도취되어 '공상'의 욕구를 잊고 지낸다. 그러나 몇 년쯤 지나면 다시 그 욕구가 찾아온다. 사실 다시 찾아온다기보다는 원래 결혼의 동기가 그 '공상'이었으니 본래의 목적을 떠올렸다고 하는 편이 정확할지도 모르겠다.

물론 아기 때와 같은 완전한 만족을 기대하기 어렵다는 사실을 누구나 알고 있다. 그럼에도 불구하고 일단 배우자에게 '공상'을 요구하기 시작하면, 자신이 무엇을 원하는지 헤아려주기를 갈구하는 마음을 제어하는 것이 불가능하다. 자녀가 생겨서 사랑을 베푸는 입장에 놓이면 문제가 해결되지 않느냐고 말하는 사람도 있을 것이다. 하지만 사태는 정반대이다. 자녀 문제에 관해서는 나중에 다시 다루겠다.

어쩌면 독신을 고집하는 이들은 이런 과정을 대충 예상하고 있을 것이다. 구체적인 것까지는 알지 못해도 기혼자들이 무엇을 원하고, 기혼자들의 불만이 어떤 것일지 대략 머릿속에 그릴 수 있는 것이다.

자기자신의 '말로 표현할 수 없는 공포'를 누군가가 덜어줄 것이라는 기대감이 일단 마음 속에 자리잡게 되면, 스스로의 힘으로 문제를 해결하려는 의욕은 사라지고 만다.

그렇다면 차라리 처음부터 혼자서 싸우는 편이 낫지 않을까? 함께 있어도 외롭다면 혼자여서 외로운 편이 낫지 않은가. 결혼생활에 따라붙는 자질구레하고 귀찮은 일들까지 고려하면, 결혼을 하지 않겠다고 마음먹는 것이 오히려 현명한 선택이라고 할 수 있지 않을까. 이런 생각의 과정을 거치면서 그들은 독신을 고집하게 되는 것이다.

그럼에도 굳이 결혼을 선택하는 사람은 많다. 그들은 앞서 말했듯이 결혼하지 않으면 낭패를 당할 거라는 주위의 위협에 넘어갔거나, '말로 표현할 수 없는 공포'를 혼자서 견뎌내는데 힘겨워 한 사람일 수 있다.

앞에서도 말했지만 무조건적으로 자신을 이해하고 인정해주는 남자를 만나

결혼한다는 것이 결코 쉬운 일은 아니다.

조건이 좋은 남자와 결혼해서 안정된 생활을 누리면서도

욘사마에게 목을 매는 주부들이 많다는 현실이 이를 잘 말해준다.

공항 로비에서 사람들의 시선을 아랑곳하지 않고 욘사마를 외치며

눈물 흘리는 중년 부인들을 보면서 젊은 여성들은

나는 나중에 절대로 저렇게 되지 않아야겠다고 다짐하지 않을까.

탤런트나 쫓아다니면서 공허함과 허전함을 채우는

천박한 주부는 되지 말아야지, 하고 생각할 것이다.

그리고 그런 심리의 이면에는 정서적으로 안정된 결혼을 하고 싶다는 욕구보다,

결혼 생활의 결말이 저렇다면 굳이 결혼을 할 필요가 있겠냐는 거부감이

더 강하게 깔려 있을 것이다.

CHAPTER 03

일도
사랑도
당당하게

아줌마 티내면서 살지 말아야지

앞에서도 말했지만 무조건적으로 자신을 이해하고 인정해주는 남자를 만나 결혼한다는 것이 결코 쉬운 일은 아니다. 조건이 좋은 남자와 결혼해서 안정된 생활을 누리면서도 욘사마에게 목을 매는 주부들이 많다는 현실이 이를 잘 말해준다.

공항 로비에서 사람들의 시선을 아랑곳하지 않고 욘사마를 외치며 눈물 흘리는 중년 부인들을 보면서 젊은 여성들은 나는 나중에 절대로 저렇게 되지 않아야겠다고 다짐하지 않을까. 탤런트나 쫓아다니면서 공허함과 허전함을 채우는 천박한 주부는 되지 말아야지, 하고 생각할 것이다. 그리고 그런 심리의 이면에는 정서적으로 안정된 결혼을 하고 싶다는 욕구보다, 결혼 생활의 결말이 저렇다면 굳이 결혼을 할 필요가 있겠냐는 거부감이 더 강하게 깔려 있을 것이다.

🌸 가족 같은 남편, 직장 동료 같은 남편

일본의 유명 작가인 하야시 마리코는 서로에 대해 깊이 이해하면서도, 학력이나 경제력 같은 외적 조건도 웬만큼 갖춘 배우자를 만나서 결혼했다.

그녀의 남편은 대기업에 다니는 회사원으로, 키도 훤칠하고 지적인 분위기를 풍기는 외모를 가지고 있다. 그렇지만 앞길이 탄탄한 엘리트 공무원도 아니고 재벌 집 자제도 아니다. 평소에 일류가 아니면 상대도 하지 않던 하야시 마리코가 선택한 배우자치고는 너무 평범해서, 당시 결혼 발표를 전해들은 주위사람들은 적잖이 의아해했다.

그녀는 약혼식 때나 결혼한 후에도 남편이 자신을 믿어주고 지켜주는 절대적인 존재라고 강조했다. 잡지〈아에라〉와 가진 인터뷰에서 그녀는 이렇게 말했다. "어느 날 남편이 나를 험담하는 전화를 걸어온 사람에게 불같이 화를 내는 모습을 보고, 남편이 전적으로 내 편이라는 사실을 알고 정말로 기뻤다."

그녀의 남편도 "열심히 원고를 쓰고 있는 아내를 보면 고개가 숙여진다"고 말했다. 하지만 그녀의 작품을 높이 평가한다는 발언을 한 적은 없다. 가족으로서 도와주고 지켜주고 싶은 것이지, 그녀의 작품까지 이해하고 응원하는 것은 아닌 것 같다.

싱글 여성들은 하야시의 결혼을 보면서 어떤 생각을 할까? 언제 어디서나 자기편이 되어주는 남편이 있다는 사실을 부러워할지 모르겠다. 그러나 여기에는 대단히 민감하고도 결정적인 문제가 숨어 있다.

심리학자인 오구라 지카코는 《결혼의 조건》에서 여성의 학력을 기준으로 여성들이 결혼을 대하는 태도를 분류하는 대담한 작업을 시도했다. 여기서 그는 "일류 대학의 대학원 석사과정을 마친 패러사이트 싱글(부모에게 얹혀사는 독신자, 캥거루족이라고도 한다—옮긴이) 여성과 고등학교를 졸업하고 파견업체에서 일하며 어머니를 모시고 사는 여성이 결혼하지 않는 이유를 같은 선상에 놓고 논의하는 것은 무의미하다"는 논리를 폈다.

그의 분류에 따르면 고졸 여성에게 있어서 결혼은 생활재生活財로서, 결혼을 통해 먹고사는 문제를 해결하려고 하는 이른바 '생존'을 위한 선택이다. 반면 전문대학이나 중위권

이하 4년제 대학을 졸업하고 전업주부를 희망하는 여성들은 가정을 꾸리고 자녀를 양육할 수 있도록 남편이 꼬박꼬박 월급을 가져다주는 것을 결혼의 조건으로 꼽는다. 그들에게 결혼은 '의존' 그 자체라는 것이다.

하지만 앞서 말한 작가 하야시의 결혼은 '생존'을 위한 것도 아니고 '의존'을 위한 것도 아니다. 그럼 무엇일까. 오구라는 4년제 대학 이상을 나온 전문직 여성들에게 결혼은 다음과 같다고 말한다.

"그들에게 경제력은 결혼의 조건이 아니다. 단지 자신들의 일이나 직장 생활을 존중해주고, 가사를 도와줄 수 있는 남편감이면 충분하다."

그는 이처럼 결혼 후에도 현재 자신의 생활 패턴이 그대로 유지되기를 바라는 전문직 여성들의 결혼을 '보존'을 위한 결혼이라고 부른다. 작가 하야시의 결혼도 여기에 속할 것이다.

오구라는 이 '보존'을 위한 결혼에 대해 "이런 조건에 맞는 배우자를 찾기란 쉽지 않다"라고 말하고 있다. '보존'을 위한 결혼에도 두 종류가 있다. 하야시의 남편처럼 아내가 무슨 일을 하는지 그 내용은 잘 모르지만 가족이기 때문에 무조건 존중하고 편들어주는 '가족애에 근거한 보존'과, 어떤 일을 하는지 그 내용까지 이해하고 협력하는 '동료애에 근거한 보존'이 있다.

사실 '보존'에 근거한 결혼은 쉽지가 않다. 자신을 이해해주는 사람이니 일에 대해서도 관심을 가져주겠거니 생각했던 배우자가 일 이야기만 꺼내면 따분해한다면 속이 상할 수 있다. 또 자신의 일을 이해해주는 사람이니 무조건적인 가족애로 감싸주겠거니 생각했던 배우자가 일에 대해 제삼자의 입장에서 냉정한 비판만 해댄다면 마음을 다치기도 할 것이다. 이런 일이 쌓여서 점점 실망이 깊어지면 결혼 생활이 힘들어지게 되는 것은 자명하다.

❀ 지금의 나를 이해하고 존중해주는 남자라면

'보존'을 위한 결혼을 생각한다면 '가족애에 근거한 보존'을 원하는지 '동료애에 근거한 보존'을 원하는지를 구분할 필요가 있다. 어느 하나를 선택할 것인지 아니면 두 가지를 다 선택할 것인지 찬찬히 따져보아야 한다는 말이다.

소설가 하야시는 '가족애에 근거한 보존'을 선택했다. 부부 문제와 고부 갈등으로 고민하는 아내의 불륜을 그린 소설 《불쾌한 과실果實》이 출간되었을 때, 하야시는 인터뷰에서 이 작품을 읽고 남편이 언짢아하지 않았느냐는 질문을 받았다. 그러자 그녀는 남편은 자신의 작품을 읽지 않는다고 대답했다. 그렇다면 그녀의 남편은 편집자에게 넘기기 전에 모든 원고를 일일이 읽고 비평해주는 시바 료타로나 무라카미 하루키의 아내와는 분명히 다른 배우자에 속한다고 할 수 있다. 그렇지만 하야시는 그래도 가족으로서 전적으로 믿고 아껴주는 남편에게 만족한다고 말했다. 그렇다면 그녀의 남편이야말로 '가족애에 근거한 보존'을 실현해주는 남편의 전형이라고 할 수 있다.

하야시가 작품 내용까지 이해하고 조언해주는 남편을 원했는지, 아니면 굳이 그런 조건의 남성보다는 지금의 남편이 더 낫다고 진심으로 생각하는지는 그녀의 속마음을 모르니 확실히 말할 수 없다. 어쨌든 결혼을 하고 싶긴 하지만, 현재의 자기 생활패턴도 전혀 바꿀 생각이 없는 '보존형' 결혼을 원하는 여성이라면, 어떤 형식의 '보존'을 선택할 것인지부터 먼저 생각해야 할 것이다.

물론 가족으로서도, 일을 이해해주는 동료로서도 전폭적인 지지를 보내는 배우자가 가장 이상적이리라. 그런 사람이 어디 있냐며 회의적인 반응을 보일지 모르지만, 이제는 시대가 많이 바뀌었다. 적어도 그렇게 되려고 노력하는 남성은 많다.

하지만 아직도 남성들 중에는 자기 아내가 칠칠치 못하고 교양이 없다면서 떠들고 다니는 사람이 적지 않다. 그것이 겸양의 미덕이라고 생각하는지, 아니면 상대적으로 자신이 잘났다는 것을 과시하려는 것인지는 모르겠다. 그런 남성들은 대개 우리 집사람은 무식해서 사회 돌아가는 것도 모른다느니, 하루 종일 과자 봉지를 끼고 앉아서 연예 프로그램이나 본다느니 하며 남들 앞에서 사정없이 아내를 깎아내리기 바쁘다.

남편들이여, 각성하라! 아내들이 이렇게 아무 생각 없는 단순한 여자 취급을 받으니까 욘사마에게 목을 매게 되는 것이다. 아내들에게는 자신을 여자로 느끼게 해주고 이해해줄 것 같은 욘사마가 마지막 보루인 셈이다. 남편들은 그런 아내를 속 편하고 경박한 여자로밖에 여기지 않으니 여성들의 불만이 높아만 가는 것이다.

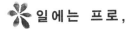일에는 프로, 결혼에는 아마추어인 올드미스들

한번은 전문직에 종사하는 40세 여성을 진료한 적이 있다. 그녀는 전공을 살려 열심히 일하는 여성이었는데, 한때 유학도 생각했지만 시기를 놓쳐 유학도 결혼도 못한 채 나이만

먹어버렸다고 하소연했다.

앞으로 유학을 다녀온 뒤 결혼하려면 너무 늦을 것 같지만, 그래도 유학을 포기할 수 없다고 했다. 유학을 가기 전에 결혼부터 하려고 마음을 먹기도 했지만 사귀는 사람도 없는 형편이어서 그마저도 여의치 않았다. 출산에 대해 구체적으로 생각해본 적도 없이 지내왔는데, 마흔 살이 되고 보니 앞으로 결혼해서 아이를 낳을 수나 있을지 덜컥 겁이 났다고 했다.

도대체 30대를 왜 그렇게 보내버렸는지, 자신이 한심하고 원망스럽고 귀중한 시간을 허송해버렸다는 후회 때문에 발밑이 무너져 내리는 것만 같다고 하소연했다. 휴일이면 방안에 틀어박혀 종일 속절없이 눈물만 흘린다고 했다. 직장에서는 일 잘하는 베테랑이라는 소리를 듣는 그녀가 말귀를 못 알아듣는 어린애처럼 막무가내로 불만을 늘어놓았다.

"휴일에 쇼핑하러 나가면 나 말고는 다들 부부 동반이나 아이들을 데려온 사람들뿐이에요."

"데이트를 신청하는 직장 동료는 있어요. 하지만 우정이나 연애는 너무 불확실하잖아요. 결혼해서 가족이 생기면 평생토록 배신당하지 않고 사랑받으며 살 수 있고, 이 지긋지긋한 고독에서도 영영 해방될 수 있겠죠."

"이대로 결혼도 못하고 혼자 살다가는 부모님 병시중이나 들며 늙어가겠지요. 앞으로 내 인생에 무슨 좋은 일이 있겠어요."

물론 휴일에 나다니는 사람들이 죄다 가족들인 것도 아니고, 결혼이 평생 변하지 않을 사랑을 보장해주지도 않는다. 결혼하지 않더라도 좋은 일, 신나는 일은 얼마든지 있다.

그러나 그녀는 결혼에 대해 냉정함도 판단력도 완전히 상실한 상태였다. 괜한 자격지심이라고 말해도 듣지를 않았다. 그녀는 이렇게 중얼거렸다.

"나도 가족이 있으면 좋겠어요. 무조건적으로 아끼고 이해해주는 사람이……. 학력이나 직업 같은 건 아무래도 좋아요."

그녀가 말하는 가족으로서의 남편이란 절대로 자신을 배신하지 않고, 바다와 같은 사랑으로 감싸주는 사람일 것이다. 조건은 아무래도 좋다고 말하지만, 사실 그녀가 바라는 것이야말로 비현실적일 만큼 어려운 조건이다. 모르긴 해도 기혼 여성들에게 물어보면, 남편이 절대로 자신을 배신하지 않을 것이며 병들어 초라해져도 아껴주고 돌봐줄 것이라고 믿는 사람이 과연 얼마나 될까.

하지만 그녀의 머릿속에서 남편의 의미는, 느슨한 가족애를 공유하는 대상에서 어느새 절대적인 가족애를 베풀어주는 대상으로 변질되어버린 것이다. 짐작하겠지만 이런 경우에 가족애로 뭉쳐진 남편을 찾는 일은 동료애를 바탕으로 자신을 이해하고 존중해주는 남성을 찾는 것보다 훨씬 어렵다.

이 여성처럼 평소에는 이성적이고 사리 판단이 분명한 사람이, 자식에 대한 부모의 사랑처럼 무조건적이고 절대적인 사랑을 갈구하며 철부지 어린애 마냥 떼를 쓰는 모습이 이상하게 보일 것이다. 그러나 상담을 하다보면 유독 결혼 문제 앞에서는 이성과 판단력을 잃고 갑자기 '마법'에 걸리는 경우를 흔히 보게 된다.

일단 '마법'에 걸린 사람에게는, 결혼은 그런 것이 아니며, 남편이 있다고 해서 영원히 고독에서 해방되는 것은 아니라고 아무리 설명을 해도 곧이곧대로 들으려고 하지 않는다.

어쩌면 '가족으로서의 남편'을 선택한 하야시는 이런 사실을 알고 있었을지도 모른다. 결혼의 마법에 걸리지 않도록, 절대적인 사랑과 보호를 베풀어주는 신과 같은 남편감을 바라는 대신 자신을 가족으로 받아들여주는 남편이면 된다고 스스로에게 타일렀던 것은 아닐까? 그리고 언론과의 인터뷰에서는 결혼을 통해 절대적인 자기편을 얻었다고 말하지만, 마음 한편으로는 그 절대적인 자기편이 어떤 계기로 자신을 배신할 수도 있다는 냉정한 생각을 가지고 있었을지도 모른다.

　가족으로서의 보존을 바라고 결혼을 선택하려는 사람이라면 이 정도의 의식과 판단력은 필요할 것이다. 그렇지 않으면 기대 수준이 비현실적으로 높아져서 결혼 자체가 어려워질 수 있다.

일이 힘들어서 결혼한다면

　그렇다면 왜 평소에는 이성적이던 사람이 결혼 문제에 닥치면 그 순간 마법에 걸려, 결혼만 하면 영원히 외로움에서 벗어날 수 있다고 믿어버리게 되는 것일까?

　문제는 그들이 결혼문제로 시선을 돌리게 되는 계기에 있다. 일에 몰두하고 취미를 즐기면서 이렇다 할 좌절이나 상처를 겪지 않고 살아가는 동안에는 굳이 결혼을 해야겠다는 생각이 크게 들지 않을 것이다. 그러다 현실이 힘겹고 고단해지면 자연스럽게 결혼을 심각하게 고려하게 된다.

　그리고 이런 부정적인 현실에서 달아나기 위해 선택한 결혼이기 때문에 남편으로부터 무조건적인 사랑과 보호를 기대하는 것도 어쩌면 당연하다고 할 수 있다. 결혼을 하고 가정을 꾸려 남편의 품속으로 파고들면 직장에서 받는 스트레스도, 집안 문제도 다 잊어버리고 포근하고 편안한 기분에 젖어들 수 있을 것이라고 생각하는 것이다.

하지만 여성들이 현실에 좌절하고 상처받아서 안락한 결혼 생활을 꿈꿀 무렵이면 그들의 나이가 대개 30대 중반에서 40대에 접어드는 시기이다. 사실 냉정하게 말하면 그런 연령대면 '가족으로서의 남편'은 커녕 남편감 자체를 찾기도 힘든 것이 현실이다. 미처 예상하지 못한 장애물이 가로막고 나서는 셈이다.

다음에 소개하는 글은 어느 인터넷 사이트 게시판에 올라온 40대 싱글 여성의 글이다. 사생활을 침해하지 않는 범위 안에서 일부 인용해보겠다.

여기에 올라온 글들을 읽으면서 바쁘게 사느라 마흔 넘어서 배우자를 찾는 분들도 많다는 사실을 알게 되었습니다. 저도 많은 나이라 이 분들처럼 열심히 노력해야겠다는 생각이 들었습니다. 요즘은 맞선이나 소개팅 자리에도 나가보는데, 40대 여성이라도 괜찮다는 남성들은 대개 자녀를 원하지 않았습니다. 자녀를 원하는 남성들은 자신도 나이가 많은데도 처음부터 여성에 대한 연령 조건(35세 이하)이 까다롭습니다. 가능한

한 결혼하면 아이를 낳아 기르고 싶은 저로서는 딜레마가 아닐 수 없습니다.

❋ 문제 있어서 결혼 못한 게 아니냐고?

오랫동안 '여성 보건'을 연구해온 전염병학자인 미사고 지즈루가 펴낸 《마귀할멈이 되어가는 여자들―여성의 신체성을 회복한다》라는 책이 화제가 된 적이 있다. 그는 이 책에서 "여성들의 몸이 가진 목소리가 잊혀져 가고 있다"며 경종을 울린다. 한마디로 이 책의 주제는 "여성들이 신체를 이용해 섹스를 하거나 출산을 하지 않으면 여성의 에너지가 갈 곳을 잃어버리기 때문에 문제가 된다"는 것이다. 얼핏 그럴듯해 보이는 주장이지만, 속내를 살펴보면 나이가 들어 뒤늦게 결혼을 결심한 여성들을 두 번 울리는 책이라고 할 수 있다. 일에 파묻혀 살다가 현실적인 시련 앞에서 결혼을 결심했으나 나이가 많다는 이유로 남성들에게 외면당하는 여성들에게 또 다시 상처를 주고 공격하는 것이다.

저자는 "여성으로서의 성을 실현하려는 신체의 의지를 무시하고 억압하면 그 병폐가 여기저기 나타나고" 마침내는 "신경불안에 시달려 타인을 이해하고 수용할 수 없게 되고,

시기심에 눈이 멀어 자기보다 나은 사람을 보면 용서하지 못하게 된다"고 말한다.

그의 말에 따르면 옛날이야기에 자주 등장하는 '마귀할멈'은 지어낸 인물이 아니라, 성경험이나 출산 경험이 적어서 마음이 비뚤어져버린 실제 여성들이 모델이라는 것이다. 이런 이야기들은 어린 여자애들에게 마귀할멈처럼 되지 않으려면 얼른 결혼해서 좋은 어머니가 되라는 현실적인 교훈의 구실까지 했다고 한다.

또 '자궁에는 마음이 있기' 때문에 '빈집'으로 내버려두는 것은 좋지 않고, 불임수술을 하는 것도 되도록 피하라고 한다. 힘들게 배란되고서도 정자를 만나지 못해 헛되이 배설되는 '난자의 슬픔'이 월경 전 긴장증후군 같은 신체 트러블을 낳는다고까지 말하고 있다.

저자의 이러한 주장이 결혼을 망설이는 여성들을 설득할 수 있을지도 모른다. 하지만 자아실현을 위해, 또는 부모의 기대에 부응하기 위해 나름대로 열심히 공부하고 인생을 개척해온 여성들에게는 '협박'으로 다가올 수도 있다.

그런데 저자는 "생활수준이 낮아지는 것이 두렵다거나 상대의 용모나 직업이나 출신대학이 마음에 안 든다고 배부른 소리를 하는 여성들은 마귀할멈이 되든 말든 마음대로 하라"

고 매몰찬 소리를 하면서도 "여성도 직업을 가지는 편이 좋다"고 말한다.

실제로 '자궁을 빈집으로 만들지 않도록' 하는 동시에 지식과 기술을 익혀 직업을 가질 수 있는 해결책을 제시하기도 한다. 하지만 그 해결책이란 게 "스무 살쯤에 아이를 낳아서 젊을 때 얼른 키워놓고, 사회에 복귀할 준비가 갖추어지면 그 때 본격적으로 직업 전선에 나서면 된다"는 것이다.

참으로 무책임한 발언이 아닐 수 없다. 현실적으로 우리 사회에서는 이렇게 일할 수 있는 시스템이 갖춰져 있지 않다는 걸 알면서도, 그런 사회적 문제는 제쳐둔 채 대신 "조금만 머리를 쓰면 일할 수 있는 방법은 얼마든지 있다"면서 안이하게 개인적인 문제로 떠넘기고 있는 것이다.

저자는 이 책의 마지막 장에서 한 50세 독신 여성의 입을 빌어 "결혼도 못한 '온전치 못한 여성'이지만 감히 다음 세대에게 전하고 싶은 말이 있다. 요즘 결혼은 뒷전이고 일에만 매달리는 자칭 '패자 그룹'에 속하는 여성들이 많은 데 '온전치 못한 여성'의 인생을 선택하지 않기를 바란다"라는 메시지를 전한다.

결혼보다 일을 우선시 한다고 '온전치 못한 여성'으로 취급하는 저자의 시각은 일부 여성이나 남성들에게는 환영을 받을지 몰라도, 편견에 찬 억지 주장이라고 할 수밖에 없다.

연애나 결혼보다 공부와 일이 더 중요하고 가치 있는 일이라고 가르쳐온 사회에도 분명 문제는 있다. 그런 가르침을 곧이곧대로 믿고 따른 결과 '온전치 못한 여성'이라는 말까지 들어야 하는 여성들의 처지는 어떻게 되는 것일까?

그들은 학창 시절에는 부모나 교사로부터 휴일에도 놀러 나가지 말고 공부하라는 말만 듣다가 막상 사회에 나와 보니 휴일에 데이트할 상대도 없느냐는 말이나 듣는 신세가 된 것이다. 그러니 문제를 여성 자신의 책임으로만 돌리는 것은 아무리 생각해도 온당치 못한 처사이다.

결혼 생각 안 하는 싱글은 없다

요즘은 예전에 비하면 개인의 선택에 대한 사회적 가치관이 높아진 편이다. 이렇게 살아야 하고 저렇게 살면 안 된다는 사회 규범이 무너지면서 개인들이 선택할 수 있는 삶의 폭이 넓어진 것이다.

그런 현상이 바람직한지 아닌지는 제쳐놓더라도, 아무튼 요즘 부모들은 자녀의 선택에 적극적으로 개입하지 않는다. 프리터(취직하지 않고 아르바이트로 생활하는 사람—옮긴이)로 살겠다고 해도, 유학을 떠나겠다고 해도, 봉사활동이나 하며 지내겠다고 해도, 일만 하고 살겠다고 해도 그러라고 내버려둔다. 어쩌면 자녀를 곁에 두고 싶어서 자녀의 결혼을 달가워하지 않는 게 아닐까 싶을 정도이다. 부모나 주변 사람들이 결혼하라고 들볶거나 체면을 앞세워 압박하는 일이 줄면서 여성들도 일을 우선하거나 결혼을 미루면서 살고 있는 것이다.

그렇다고 부모나 주변의 간섭이 완전히 사라진 것은 아니다. 미혼 여성들 스스로도 부모님이 결혼하라고 등을 떠밀지 않는 상황을 고맙게 여기는 것만은 아니다. 자신이 정말로 결혼을 원하는지 아닌지도 모른 채 갈팡질팡하는 여성들도 많다.

이제 부모마저도 원하지 않으면 결혼하지 않아도 된다고 말하는 상황에서, 독신 여성들은 정말 이대로 괜찮은지 자문해보는 경우가 늘고 있다. 그런데 그런 여성들의 불안한 심리에 기름을 붓듯이 갑자기 '온전치 못한 여성'이라는 딱지를 붙이면서 결혼을 강요하는 목소리가 터져 나오고 있는 것이다. 《마귀할멈이 되어가는 여자들》이나 《여자는 모름지기 결혼해야 한다》, 《35세 이후에 부잣집에 시집가는 법》 등의 제목을 단 책들이 그런 류이다. 이런 책의 저자들은 싱글 여성들이 마치 낙오자나 패배자라도 되는 듯이 호되게 몰아붙이고 있다.

일하는 여자는 오만하다는 건 편견

독신을 선택한 여성들은 정말로 부모나 교사, 페미니스트들의 잘못된 가르침에 속아서 결혼하지 않는 것일까? 아니면 결혼 · 출산 · 육아와 직장생활의 양립이 불가능한 사회 탓인가, 혹은 본인이 '온전치 못한 여성' 이어서 결혼은 뒷전이고 일에만 매달려 살아오느라 그런 것일까?

비뚤어진 생각을 바로잡아주고 건강하게 오래 살려면 자궁을 비워두면 안 된다고 일러주기만 하면 되는 것일까? 그렇게만 하면 여성들이 힘들게 일할 필요 없다고 스스로 깨닫고 결혼해서 얼른 아이를 낳고 가정에 들어앉을까?

여성들이 결혼하지 않고 일에서 보람을 찾으려는 이유는 누군가의 꼬임이나 속임수에 넘어가서가 아니다. 그리고 결혼하면 생활수준이 떨어진다거나 아이를 낳아 키우며 힘들게 살기 싫다는 이기적인 발상 때문도 아니다.

어떤 한 가지 일에 몰두할 때 느끼는 뿌듯함과 도취감, 사회에서 제구실을 다하고 있다는 충족감, 그리고 노력에 대한 보상인 월급을 받는 기쁨. 이러한 것들은 남성에게나 여성에게나 자기 가치를 높여주고 삶의 의미를 가져다주는 대단히 본질적인 감각들이다.

《마귀할멈이 되어가는 여자들》에서는 여성이 자기 가치를 높이고 삶의 의미를 가질 수 있는 것은 출산 이외에는 없다고 말한다.

"여성에게 있어서 세대를 이어줄 자식을 낳아 기르는 일은 여성성의 본질이며, 그 외의 것은 사실 하잘것없다. 따라서 출산을 기피하고 다른 일에 빠져 살다가 마흔아홉을 넘기고 후회해도 나는 모른다."

정말 여성에게 있어서 일은 하잘것없는 것일까? 결혼도 출산도 하지 않고 정치에 헌신해온 전 사민당 당수인 도이 다카코 같은 인물에게도 그렇게 말할 수 있을지 의문이다. 50대, 60대를 맞아서 외롭다고 푸념하는 독신 여성에게 그렇게 경고했는데도 듣지 않더니 이제 와서 후회하느냐고 쏘아붙이는 것은 너무 심한 처사이다.

여성에게 일이란, 단지 착각이나 오만의 결과로 선택하는 대상이 결코 아니다.

✽ 참을 수 없이 무거운 일과 결혼

한 연애지상주의 여성의 파격적인 일상을 그린 인기 만화 《해피 마니아》의 만화가 안노 모요코는 그 후 젊은 세대가 주 독자층인 잡지에 〈맹렬 직장인〉이란 작품을 연재해 또 한 번 주목을 받았다.

주인공은 28세의 주간지 편집자로, 일하는 것 자체를 사랑하는 인물이다. 하지만 평소에는 근면, 성실과는 거리가 멀다. 동료들과 어울려 진탕 퍼마시고 뻗어버리거나 사소한 일로 남자친구와 다투는 일이 다반사이다.

잡지 마감이 닥쳐 눈코 뜰 새 없이 바빠지면 그녀는 맹렬 직장인 모드로 바뀐다. 맹렬 직장인 모드로 바뀌면 혈중 남성호르몬이 증가하면서 평소보다 3배 이상의 속도로 일을 해치운다. 그럴 때는 먹고 자는 것, 연애, 옷차림, 꽃단장, 위생에 대한 관념 따위는 깡그리 사라진다. 상사가 지금 하는 일은 후배에게 넘기고 다른 것 좀 해달라고 맡기면, 어떤 일을 넘길지 망설이며 일 욕심을 내다가 결국은 혼자서 다 떠맡고 만다.

그녀는 독신주의자가 아니다. "결혼하고 싶지 않은 건 아니다. 가능하다면 언젠가는 하고 싶다"라고 생각한다. 다만 번잡한 결혼 준비나 결혼 후의 생활 변화를 생각하면 마음이 무겁다. 그러면서도 여자로서 그런 철없고 이기적인 생각이나 하다가는 결혼 적령기를 놓쳐버릴지 모른다고 자책하는 '여성스러움'도 가지고 있다.

그녀는 결코 부모나 주위의 기대를 저버리지 않으려고 억지로 일하는 것이 아니며, 월급이나 회사 브랜드에 집착하지도 않는다. 그렇다고 부자로 살고 싶어서 결혼을 망설이거나 몸매가 망가지는 게 싫어서 출산을 꺼리는 것도 아니다.

　일을 통해 얻는 기쁨과 자신이 사회 속에서 필요한 존재라는 자부심이 그녀의 혈중 아드레날린 분비를 촉진시키고, 그녀를 '맹렬 직장인'으로서 폭주하게끔 만드는 것이다.

　여하튼 요즘에는 일하느라 혼기를 놓친 사람이 많다. 이대로 간다면 앞의 주인공도 결혼을 자꾸 미루다가 '맹렬 직장인'인 채로 30대를 보내게 될 가능성이 높다. 물론 주간지 편집자라는 직업의 특성 때문일 수도 있지만, 그녀가 일에서 얻는 성취감과 그 보상으로 주어지는 만족감은 결코 하잘것없는 것이 아니다.

　그런데도 그녀에게 편집 일은 40대에나 하고 우선 젊을 때 아이부터 낳으라고 말할 수 있을까? 그리고 만약 만화 주인공과 비슷한 처지에 있는 여성이 40세가 되어서 남편도 자식도 없이 혼자 살기 외롭다고 신세타령을 한다고 해서, 그렇게 알아듣게 말해도 안 듣더니 이제 와서 그런 말을 할 자격이 있느냐고 비난할 수는 더더욱 없는 것이다.

결혼을 망설일 수도, 외로움을 하소연할 권리도 있다

저널리스트인 하야미 유키코는 노동 강도가 높은 현장에서 근무하거나 해외에 나가서 일하는 유능한 여성들을 취재해 《일하는 여성에게 화려한 은퇴는 있는가?》라는 책으로 엮었다. 하야미는 최근의 20대 여성들을 다음의 세 가지 유형으로 나눈다.

1. 일본을 벗어나고 도쿄를 벗어나서 자신의 가치를 재확인하겠다는 유형
2. 어차피 취직할 거라면 경영자를 꿈꾸겠다는 유형
3. 자영업으로 성공하겠다는 유형

이 책에서 소개하는 사람들은 고학력, 전문직 여성만이 아니다. 평범한 젊은 여성들도 많다. 저자의 말을 따르면 이런 여성들은 "조직의 부속품으로 살지 않겠다. 다른 사람과 똑같이 살기도 싫다"는 강한 자기주장을 가지고 있다.

《마귀할멈이 되어가는 여자들》의 저자라면 이런 '온전치 못한 여성'들은 결국 갱년기를 맞은 뒤에 후회할 거라고 미

간을 찌푸릴 것이다. 하지만 이런 여성들은 아무리 마귀할멈 운운하며 겁을 주어도 결혼 생활에서 오는 만족감이란 결국 '환상'에 불과하다는 사실을 잘 알고 있다. 그래서 일하는 즐거움을 포기하지 못한다. 물론 앞으로 자신들의 선택에 따라 결혼을 할 수도 있고, 망설일 수도 있을 것이며, 심지어 결혼을 못하거나 하지 않은 것을 후회할 수도 있을 것이다. 하지만 그 어떤 경우든 그것은 자신들의 권리이자 선택의 문제이다.

일하는 여성들이 결혼을 망설이면 철없이 군다고 핀잔이나 하고, 묵묵히 일만 하다가 40대를 맞은 여성들이 문득 외롭다고 넋두리를 늘어놓으면 제 발등 제가 찍었으니 알 바 아니라고 타박을 하고, 심지어는 '온전치 못한 여자'라느니 '마귀할멈'이라느니 하는 말까지 만들어내 비난한다면 도대체 어떻게 되는가.

그렇다면 여성도 자신의 삶을 개척해나가야 한다는 이야기는 앞 세대 사람들이 날조한 거짓말에 지나지 않는 것인가. 일하는 기쁨에 빠져서 젊은 시절을 보내버린 여성들이 뒤늦게 결혼해서 아이를 낳고 싶다거나 외로움을 토로하면 무책임하다고 비난하는 최근의 사회 분위기야말로 여성들의 마음을 위축시키고 경직시키는 한 원인이라고 할 수 있다.

가족심리학에서는 '부모와 자녀의 관계'를 다루면서 주로 부모와 유아기 자녀,

또는 부모와 아동기 자녀에 대해 초점을 맞춘다.

그렇지 않으면 시간을 훌쩍 건너 뛰어 노년의 부모와 그 부모를 보살피는 자녀의 문제가

등장한다. 다시 말해 부모 자식 관계에서 첫 시기와 마지막 시기만이

심리학의 고찰 대상이 되고 있는 것이다.

그 중간의 시기에 대해서는 마치 별 문제가 없다는 듯이 대충 넘어가는 경우가 많았다.

앞서 소개한 심리학자 가시와기도 "중간 시기의 부모 자식 관계에 주목하는 연구는

극히 드물다"면서 문제를 제기한다.

그는 "심신이 건강하고 경제적인 여유가 있는 중·노년 부모층이 출현하면서

부모 자식 관계가 극적으로 변화하고 있는 만큼 이 시기에 대한 연구가 긴요하다"고 강조한다.

가시와기가 말하는 '과거에는 없었던 장기간에 걸친 부모 자식 관계'는

이미 온갖 사회 문제의 온상이 되고 있다.

예컨대 10대 시절의 폭언과 폭력은 많이 사라졌지만, 대신 20대나 30대의 자식들이

부모에게 모진 말을 해대거나 마음속에 원망과 배신감을 품기도 한다.

CHAPTER 04

부모
그늘에서
벗어나기

마마족과 마마걸 전성시대

가족심리학에서는 '부모와 자녀의 관계'를 다루면서 주로 부모와 유아기 자녀, 또는 부모와 아동기 자녀에 대해 초점을 맞춘다. 그렇지 않으면 시간을 훌쩍 건너 뛰어 노년의 부모와 그 부모를 보살피는 자녀의 문제가 등장한다. 다시 말해 부모 자식 관계에서 첫 시기와 마지막 시기만이 심리학의 고찰 대상이 되고 있는 것이다. 그 중간의 시기에 대해서는 마치 별 문제가 없다는 듯이 대충 넘어가는 경우가 많았다.

앞서 소개한 심리학자 가시와기도 "중간 시기의 부모 자식 관계에 주목하는 연구는 극히 드물다"면서 문제를 제기한다. 그는 "심신이 건강하고 경제적인 여유가 있는 중·노년 부모층이 출현하면서 부모 자식 관계가 극적으로 변화하고 있는 만큼 이 시기에 대한 연구가 긴요하다"고 강조한다.

가시와기가 말하는 '과거에는 없었던 장기간에 걸친 부모 자식 관계'는 이미 온갖 사회 문제의 온상이 되고 있다. 예컨 대 10대 시절의 폭언과 폭력은 많이 사라졌지만, 대신 20대 나 30대의 자식들이 부모에게 모진 말을 해대거나 마음속에 원망과 배신감을 품기도 한다. 또 반대로 유아기나 아동기 때처럼 나이가 들어서도 한결같이 서로에게 의존하는 부모 자식들도 많다.

이처럼 성년이나 장년이 된 자녀와 노부모 사이의 문제는 사실 대단히 심각한 실정이다. 사회에서는 이미 어른으로 대 접받는 자녀들이 언제까지고 부모의 품에서 벗어나지 못하 고, 부모 또한 자녀를 놓아주지 못한 채 서로의 인생에 큰 영 향을 미치는 예들이 최근 부쩍 늘고 있다.

가시와기가 "평생에 걸친 부모 자식 관계에 대한 연구는 지극히 현대적인 과제이다. 앞으로 충분한 실증 자료 수집을 통해 부모 자식 관계의 발달에 관한 이론화가 필요하다"라고 말한 것도 이런 맥락이라고 할 수 있다.

이러한 부모 자식 관계는 당연히 결혼 문제에도 영향을 미 치고 있다.

🌸 평생 친구로 남을 것 같은 엄마

내가 운영하는 클리닉을 찾은 한 여성은 진료 카드에는 42세라고 적혀 있지만 아무리 봐도 30대 초반 정도로밖에 보이지 않을 정도로 젊어 보였다. 경력을 적는 칸에는 외국계 기업에서 비서로 근무했으며 현재 무직이라고 되어 있었지만, 지적이고 청초한 화장이나 패션은 여전히 비서다운 인상을 풍겼다.

그녀는 어머니가 입원한 이후로는 아무 일도 손에 안 잡힌다고 하소연했다. 이야기를 들어보니 사정이 딱했다. 직장을 그만두고 전부터 가고 싶었던 유학을 준비하던 도중에 어머니가 병으로 쓰러진 것이다. 어머니는 아프기 전까지만 해도 모델처럼 아름답고 활기찼는데 순식간에 건강을 잃고 병원에 장기입원을 하게 된 것이다. 그녀 처지에서는 어머니가 예전처럼 건강을 회복하기는 어려워도 생명이 위태로운 상태도 아닌데다 손위 올케가 수발을 들고 있어서 물리적인 부담은 크지 않은 상태였다.

그러나 그녀는 정신적 지주를 잃어버렸다며 울먹였다. 이제 유학의 꿈도 복직의 희망도 사라지고 말았다. 하나부터 열까지 시시콜콜 챙겨주고 보살펴주던 어머니가 없으니 함께 사는 아버지의 뒷바라지까지 떠맡아야 할 형편이었다. 지금까지 어머니와 함께 여행도 가고 운동도 다니느라 친구도 사귀지 못했다. 평생을 어머니와 사이좋게 지내는 것도 괜찮겠다 싶어서 결혼 문제도 진지하게 생각해보지 않았다. 그러니 앞으로 어떻게 살아가야 할지 눈앞이 캄캄하다는 것이다.

눈물로 지새는 그녀를 보면서 사랑하는 어머니가 병들어 누워 있는 모습을 보는 것이 얼마나 괴로운 일인지 공감이 갔다. 하지만 상식적으로 생각해보면, 자식이 마흔 줄에 들어섰으니 부모가 늙고 병들어 눕는 상황이 이상할 건 없다는 생각도 들었다. 그래서 그녀에게 마음고생은 이해하지만 나이로 본다면 이젠 부모를 보살펴야 할 시기가 된 것이 아니겠냐고 조심스럽게 말을 건넸다. 그러자 이 총명한 여성은 머리로는 이해한다고 변명하면서 이렇게 대답했다.

"외가 쪽이 장수하는 집안이에요. 학교 친구나 비슷한 연배의 직장 동료들 중에서도 부모를 여읜 사람은 별로 없었거든요. 그래서 엄마도 90세, 100세까지 건강하실 거라 믿었어요."

말하자면 그녀는 언젠가 어머니가 늙어서 자신을 보살펴주지 못할 것이라는 상상을 한 번도 해본 적이 없었던 것이다. 그리고 건강한 어머니를 두고 늙어서 돌아가신다는 상상을 하는 것도 불효라는 생각이 들었다고 말했다.

나는 그녀의 우울증을 어떻게 치료해야 좋을지 처방을 궁리하면서도, 오랜 세월 어린 딸과 젊은 엄마인 채로 살아온 이 모녀에게 강한 흥미를 느꼈다. 그래서 그녀에게 어머니가 장래에 관해 조언 같은 걸 해주지 않았느냐고 물어보았다.

그녀의 대답에 따르면 하고 싶은 일을 하면서 살라고 말했을 뿐, 취직이나 결혼 문제로 이래라저래라 간섭하지 않았다는 것이다. 으레 부모라면 지나치게 의존적인 딸에게 독립을 하든지 결혼을 하든지 홀로서기를 할 수 있도록 일깨워주는 것이 도리라고 할 수 있다. 하지만 그녀 어머니는 그렇게 하지 않았던 것이다.

왜 딸이 마마걸이 되도록 내버려두었는지, 부모가 건강하게 오래오래 살 거라는 환상을 품게 만들었는지 어머니에게 확인할 수는 없다. 하지만 나는 이 여성의 말처럼 어머니가 착하고 좋은 분이어서 그랬다고만 생각하지는 않는다.

심하게 말하면 그 어머니는 마음이 맞는 딸을 곁에 두고 친구처럼 함께 쇼핑도 하고 여행도 다니고 싶었던 게 아닐까. 가끔은 자신이 죽고 난 뒤에 딸이 어떻게 살아갈지 불안하고 걱정스러웠겠지만, 어떻게든 되겠지 하는 생각에 애써 그런 걱정을 머릿속에서 지워버렸던 것은 아닐까. 그리고 실제로 그 어머니는 의식을 잃고 병원 침대에 누워서 사랑하는 딸이 곤혹스러워하는 모습을 보지 않아도 되는 상황에 놓여 있었다.

아무튼 이 42세의 여성은 어머니에게 찾아온 노쇠와 질병이라는 필연적인 현실을 냉정히 받아들이지 못하고 신세만 한탄하고 있었다. 그런 그녀에게 부모의 그늘에서 벗어나서 일자리를 구하든지 결혼을 하든지 살길을 찾아보라고 조언하기에는 부모에게 의존해 온 기간이 너무 길었다.

부모의 태도도 문제가 많다. 자식의 의사를 존중한다는 명분을 내세우지만, 결국은 자신의 편의를 위해서 자식으로 하여금 의존심만 키우고 부추기는 결과를 빚은 것이다. 현실적으로 따져보더라도 부모의 보살핌을 받으면서 평생 의좋게 살아갈 수는 없다. 물론 극히 일부의 예외가 있을 수 있지만, 대개는 부모가 자식보다 먼저 늙어서 세상을 뜨게 된다. 그런데도 그 후에 벌어질 상황이 너무 무서운 나머지 현실을 똑바로 보고 받아들이려고 하지 않는 부모 자식들이 늘고 있는 것이다.

 예순을 먹어도 어리고 철없는 딸

얼마 전에 어떤 모임에서 저명한 여성 한 분을 만났다. 그런데 그녀 이야기를 들으면서, 부모와 자식이 평생 서로 보살피면서 사이좋게 지내는 관계가 영원히 지속될지도 모른다는 생각이 들었다. 여든을 넘긴 나이에도 여전히 정정한 그녀는 남편에게 순종하고 자식들 잘 키우고 사회에도 이바지하는 그 세대의 슈퍼우먼의 전형 같은 여성이다. 나는 흥분을 감추지 못하고 만나 뵙게 되어 영광이라면서 인사를 건넸다.

모임에 참가한 사람들은 빠짐없이 그녀를 찾아와서 국제 정세와 정치에 관해 자문을 구했다. 그녀는 의연한 모습으로 질문 하나하나에 명쾌한 답변을 해주었다. 그런 상황이 일단락되자 그녀는 만성질환을 앓는 딸이 있다며, 내게 의학적인 견해를 구했다.

사생활을 침해할 수 있어서 자세하게는 이야기하지 못하지만, 아무튼 지금은 병이 많이 나아서 예전처럼 일할 수 있음에도 불구하고 딸을 걱정하는 모습이 예사롭지 않았다. 지금도 딸의 뒤치다꺼리를 도맡아한다는데, 딸이 병에 걸리기 전에도 그랬던 모양이다. 딸은 결혼해서 출가했다가 지금은 친정에 돌아와서 지내는 것 같았다.

쉬는 날이니 누워 있으라고 말려도 말을 듣지 않고 외출을 했다느니 하는 그녀의 이야기에서 어림 짐작해보면 딸의 나이는 적게 잡아도 30대는 된 것 같은데, 아무래도 계산이 맞지 않았다. 따님 나이가 어떻게 되느냐고 조심스레 물었더니, 일은 똑 부러지게 잘하지만 세상 물정은 전혀 모른다는 그 딸은 60대 후반이라는 것이었다. 말문이 막혀버린 나를 보고 뭔가 짐작을 했던지 그녀는 이렇게 말했다.

"좀 이상하죠? 하지만 내 눈에는 아직도 철부지 어린애예요."

예순이 넘은 딸을 어떻게 철부지 어린애라고 생각하는지는 모르겠지만, 실제로 이 모녀는 50년 넘는 세월 동안 보살피고 보살핌을 받는 관계를 유지해온 셈이다. 이대로 간다면 모녀는 거의 동시에 생을 마감할지도 모른다. 어머니가 먼저 세상을 뜨더라도 딸에게 남은 인생은 기껏해야 몇 년 정도일 테니 별 문제가 없을지도 모른다.

그녀의 이야기를 들으면서 앞으로는 평생 패러사이트 생활을 완벽하게 실현하는 부모 자식들이 출현할 수도 있겠다는 생각이 들었다. 앞서 소개한 40대 여성이 이 모녀의 이야기를 듣는다면 틀림없이 부러워할 것이다.

요즘 부모들 가운데는 자녀의 독립을 별로 중요하게 생각하지 않으며, 자녀들에게 노후를 의지하려는 생각도 희박한 이들이 많다. 각자 자신의 나이와 싸우면서 부모 자식 관계를 얼마나 오래 유지해 나가느냐가 부모와 자식의 공동 목표가 된 것처럼 보이기도 한다.

이런 관계 속에 있는 부모는 자신의 노쇠와 죽음을 외면할 수 있다. 부모 입장에서 자식이 결혼해서 손자를 안겨주면 더없이 기쁠 것이다. 하지만 새로운 세대의 탄생은 자신의 죽음을 의식하는 계기가 될 수도 있다. 그런 사실을 염두에 둔다면, 부모 입장에서 노쇠와 죽음이라는 현실을 환기시키는 자식의 독립이나 결혼이 기껍지만은 않은 것이다.

❋ 결혼하라고 등 떠미는 사람은 누구?

물론 결혼하라고 자식을 들볶는 부모도 많다. 개중에는 친척이나 주변 사람들 볼 낯이 없다느니 하는 시대착오적인 이유를 들고 나오는 부모도 있을 것이다.

독신 여성 130명을 대상으로 실시한 설문조사를 바탕으로 구성한 《대독신大獨身》이라는 책이 있다. 여기서 결혼하라고 성화인 사람이 누구냐는 질문에 대해 53명이 어머니, 25명이 아버지라고 대답해 상위 1, 2위에 올랐다. 이 결과에 대해 감수자인 시미즈 지나미는 이런 해설을 덧붙였다.

"신랑감이 보잘것없다거나 본인이 싫다고 버티는데도 얼

른 치워버리고 싶어서 결혼하라고 극성인 부모들도 꽤 있다고 한다. 이 경우에는 딸의 결혼이 설령 딸의 불행이라고 해도 어머니의 행복이 될 수도 있다겠는 생각이 든다. 그렇다면 과연 어머니의 행복이란 무엇일까?'

그런데 답변자들이 구체적인 에피소드를 소개하는 대목에서는 부모보다는 주변의 친구나 동료들이 결혼 문제에 더 관심을 갖는다고 말을 바꾸고 있다.

"엄마도 극성이지만 불륜이라도 좋으니 아무 남자나 사귀라고 결혼한 친구들이 더 성화를 부린다."

"엄마보다는 직장 선배들이 결혼 문제에 더 신경을 써준다."

심지어 "부모님은 이제 결혼 이야기를 꺼내지도 않으며 벌써 포기했는지 결혼하라는 말도 하지 않는다"라며 속상해하는 여성도 있다.

"올해 서른 살이 되면서 독립해서 혼자 살고 있습니다. 결혼하라고 보채던 엄마는 벌써 포기한 모양이에요. 나는 아직 희망을 버리지 않았는데도 말입니다."

이 여성의 사연에서 알 수 있듯이 요즘 부모들은 20대에는 일단 '부모된 도리'로서 결혼 이야기를 꺼내지만, 나중에는 당사자인 자녀보다 먼저 포기해버리는 것 같다. 부모들이 자식의 결혼 문제에 얼마나 진지한지는 모르겠지만, 실제로 맞선을 주선해주거나 곁에서 이런저런 조언을 해주는 사람은 친구나 선배들인 경우가 더 많은 것이다.

그러나 자식 처지에서는 부모가 자신의 결혼을 바라지 않는다거나 이미 포기했다고 인정하기는 어렵다. 그렇기 때문에 '결혼하라고 가장 성화를 부리는 사람이 누구냐'는 질문에 그랬으면 하는 바람을 담아서 부모라고 대답한 것이 아닐까? 어쩌면 이들 가운데에는 결혼하라고 부모가 좀더 등을 떠밀어주기를 바라는 사람도 포함되어 있을지 모른다.

《대독신》에서 31세의 한 여성은 이렇게 말한다.

"나는 왜 독신일까? 눈이 높아서가 아니다. 남자의 외모나 수입을 따져서도 아니다. 내가 바라는 배우자는 부모님처럼 나를 사랑하고 보살펴주는 사람이면 된다."

이런 말을 듣는다면 그 부모는 어떤 생각을 할까? 자녀를 잘못 키웠다거나 자녀들에게 과잉 애정을 쏟은 결과 자녀의 자립을 방해했다고 생각할까? 아니면 자신의 사랑을 알아줘서 고맙다고 할까? 결혼을 하지 않는 추세가 늘어나고 있는 현재 상황을 본다면 후자에 속하는 부모가 더 많을 것이라는 생각도 해 본다.

부모도 자식도 솔직한 대화를 피한다

클리닉에 찾아온 30대 여성의 이야기이다. 결혼한 지 몇 년 된 이 여성은 근처에 사는 시집 식구들 때문에 마음고생이 심했다. 친정에서도 사돈집을 못마땅하게 여기기는 마찬가지였다. 다른 곳으로 이사 가자고 말해도 남편은 부모를 저버릴 수 없다며 말을 듣지 않았고, 결국 이혼밖에 없다는 결론에 도달했다. 그녀의 부모도 그런 시어머니에게 맞추고 살기는 어려울 거라며 이혼을 반대하지 않았다. 남편과 합의해 이혼 수속을 마친 이 여성은 우선 친정으로 들어가기로 했다.

친정에는 부모님만 계시고, 근처에 오빠 부부가 살고 있었다. 그녀는 집을 구할 때까지만 친정에 신세를 질 작정이었지만, 몇 년간 전업주부로 지내다 보니 일자리를 구할 엄두가 나지 않았다. 그렇게 몇 달이 흐르는 동안 부모와 말다툼이 끊이지 않았고, 클리닉을 찾은 그 여성은 감정 제어가 안 된다며 부모에 대한 불만을 털어놓기 시작했다.

불만 중에는 자신의 방이 없다는 것도 있었다. 결혼하기 전에 자신이 쓰던 방을 아버지가 서재로 사용한다는 것이다. 현재 그녀는 서재 한구석에 옷가지 등을 넣은 상자를 놓아두고 지내는데, 비디오라도 보면서 기분 전환을 하려고 해도 거실 텔레비전으로 보아야 하니 불편해서 좀처럼 마음이 안정되지 않는다고 했다.

그녀는 시간을 되돌려 예전처럼 의존적인 부모와 딸의 관계로 돌아가고 싶은 것 같았다. 그러나 부모는 한 번 바뀐 생활 패턴을 금방 원래대로 되돌릴 수 없다고 생각했다. 그녀의 정서불안은 그 가치관의 차이에서 비롯된 것이다.

그러면서도 부모는 딸의 장래 문제에 대해서는 입을 다물고 있다고 한다. 딸에게 앞으로 어쩔 작정인지, 일자리를 알아보고 있는지, 재혼을 생각하는지, 그런저런 결혼이나 인생 문제를 솔직하게 물어보고 대화하는 것을 꺼리고 있는 듯했다.

이처럼 서로 강한 의존 관계에 있는 부모와 자녀들은 먼 나라 이야기라도 되는 듯이 결혼이나 출산 문제를 회피하고 있는 것이다.

❀ 잠자리 문제까지 의논하는 딸

국회의원인 노다 세이코는 《나는 낳고 싶다》라는 책에서 불임 치료의 경험을 적나라하게 밝혔다. 그녀는 나이가 들어

임신이 쉽지 않아 불임치료를 받고 있는 케이스인데, 배란일에 잠자리를 요구하자 남편은 말처럼 그렇게 쉬운 일이 아니라며 거부했다고 한다. 말다툼 끝에 부부는 같은 아파트에 사는 노다의 친정어머니에게 찾아가서 의견을 구했다.

두 사람의 말을 듣던 노다 어머니의 대답은 "글쎄, 세이코가 아이를 원하니까 잠자리를 하는 게 낫지 않겠어?"였다. 그녀는 어머니의 말에 대해 "딸이어서 그렇게 말했는지 아니면 같은 여자로서 그렇게 말했는지는 모르겠지만, 엄마는 내 편을 들어주었다"라고 해석하고 있다. 그런데 요즘 딸들은 어머니에게 남편과의 잠자리 문제까지 의논하는 것일까? 그리고 어머니는 사위에게 딸이 임신을 원하니 잠자리를 해주라고 조언하는 것일까?

노다는 학창 시절은 물론이고 호텔에서 근무하던 시절에도 중의원 의원인 할아버지의 지역구를 물려받을 자식으로 인정받아 집안의 기대를 한 몸에 받았다. 그리고 기대에 부응해 우정성 장관까지 지냈다. 그런 그녀가 소녀 시절부터 어머니와 '같은 여성으로서' 연애와 결혼에 관해 터놓고 시시콜콜한 이야기까지 나누었다니 도저히 믿기지 않는다. 연애 기간도 거의 없이 결혼한 국회의원 남편과는 매일 국회 일이나 정책에 관해 논의한다고 한다.

그녀는 자신의 책에서 자신이 '딸이자 여성'임을 강조하지만, 어쩌면 상황은 그 반대가 아닐까? 오히려 어머니와 자신의 관계를 '어머니와 딸' 관계로 여기지 않았기 때문에, 배란일인데 남편이 잠자리를 거부한다며 무슨 안건처럼 대놓고 하소연할 수 있었던 것은 아닐까?

물론 '부모와 결혼'의 연관성은 결혼이 집안과 집안의 결연이라는 의미가 강했던 과거에 더 컸다. 자식의 처지에서는 부모 뜻에 군말 없이 따르거나 부모 뜻을 아예 무시하는 것 말고는 다른 선택이 없었을 것이다. 부모가 결혼을 반대하면, 부모를 버리든지 좋아하는 남자를 버리든지 둘 중 하나를 고를 수밖에 없었다. 어느 쪽을 선택하더라도 누군가는 상처를 받을 테지만, 자식 처지에서는 어쩔 수 없는 선택이고 올바른 선택이었다고 스스로 위로할 수밖에 없었다.

그러나 요즘은 부모들이 결혼하라거나 말라는 식의 명령은 잘 하지 않는다. 그 대신 네가 좋을 대로 하라는 명령 아닌 명령, 어떤 식으로든 해석할 수 있는 복잡한 메시지가 은근히 자녀들을 옥죈다. 한편 아이러니하게도 자식들은 그런 압박을 답답하게 여기면서도, 굳이 부모의 그늘이 주는 안온한 느낌에서는 벗어나려고 애쓰지 않는 것 같다.

자식 없는 부모는 있어도
부모 없는 자식은 없다

자식은 부모를 고를 수 없고, 부모는 자식을 고를 수 없다는 말이 있다. 어떤 부모를 만날지 태어나기 전까지는 알 수 없다. 하지만 분명한 사실은 부모 없는 자식은 없다는 것이다. 물론 태어날 때부터 부모가 없는 사람도 있다. 그러나 그것은 부모의 보살핌을 받지 못했을 뿐이지 낳아준 부모는 반드시 있다. 혹은 있었다.

아버지가 없는 사람도 마찬가지이다. 어머니가 아버지인 남성과 정식으로 결혼하지 않았거나 식별이 불가능할 뿐이지 아버지는 반드시 단 한 사람 존재한다. 그 존재를 긍정하든 부정하든 자신을 낳아준 아버지와 어머니는 엄연히 존재하며, 중간에 사라지거나 바뀌지 않는다. 즉 부모와 자식이라는 관계는 절대로 변하지 않으며, 우리는 '부모 자식 관계'에서 영원히 벗어날 수 없다는 말이다.

이 사실은 우리 인생 내내 무거운 그림자를 드리우며, 당연히 결혼에도 큰 영향을 미친다. 그런데 때로 부모와 자식은 서로에게 상처를 주는 말을 내뱉곤 한다. 너 같은 자식은 낳지 말 걸 그랬다는 둥, 왜 태어나서 이 고생을 시키느냐는 둥. 사이가 나쁜 부모 자식 사이에서만 심한 말이 오고가는 것은 아니다. 오히려 앞서 이야기한 패러사이트 싱글처럼 서로 밀착되고 의존성이 강한 부모 자식 관계에서도 문제가 있는 게 사실이다.

부모 자식의 관계가 자녀의 결혼 선택에 큰 영향을 미치는 이유는 서로의 경험 차이 때문이다. 부모는 자식보다 먼저 결혼과 출산을 경험했으며, 아무리 사이좋은 부모 자식 사이라도 경험자와 비경험자라는 면에서 큰 격차가 생겨날 수밖에 없다.

싱글 마더라 하더라도 섹스와 출산은 경험했을 테고, 호적상의 부부에게만 입양이 인정되는 현행법 하에서는 결혼하지 않은 사람은 부모가 될 수 없다. 이성을 사귄 경험이나 임신한(임신시킨) 경험이 없는 부모는 없다는 말이다. 이것만 보더라도 부모와 자식 사이에는 처음부터 절대적인 경험의 차이가 존재한다.

따라서 부모가 자식의 결혼에 대해 기대를 내비치거나 조언할 때는 반드시 자신은 이랬다느니 하는 경험이 반영되게 마련이다. 이를테면 결혼해서 자식을 낳아 길러보니 여자로서 이만한 행복은 없다거나, 결혼해서 살림만 하다 보니 여자도 경제력이 있어야 한다는 걸 알았다는 경험담을 들려주는 것이다. 이때 부모가 결혼에 대해 전달하는 메시지는 나처럼 되라거나 나처럼 되면 안 된다는 것으로 나눌 수 있다.

물론 개중에는 부모 생각은 하지 말고 너 좋을 대로 하라거나 우리 때와는 시대가 다르니 네가 원하는 삶을 살라며 자식의 자주성과 사회성을 존중하는 부모도 있을 것이다. 하지만 이럴 때도 자식들은 그렇게 말하는 아버지는 이랬으면서, 아니면 엄마는 그렇지 않았으면서 하고 생각하며 그 이면에서 부모의 경험을 보려고 든다. 이와 같이 부모 처지에서는 별 의미 없이 한 말도 자식 처지에서는 신탁처럼 들린다. 이런 현상은 시대가 변해도 여전하다.

더구나 요즘의 부모와 자식들은 서로의 관계를 원만하게 유지하기 위해 상당한 에너지를 쏟아붓는다. 그리고 결혼과 출산에 관한 화제를 회피하거나, 반대로 노다 세이코의 경우처럼 노골적으로 드러냄으로써 상처를 주기도 하고 받기도 한다.

자식의 결혼을 바라든 바라지 않든 그것은 부모의 자유이다. 그러나 자녀들은 부모의 보살핌 속에서 어린애인 채로 평생 살아갈 수는 없다. 아무리 싫어도 부모와 자식은 함께 늙어―늙는다는 말이 거슬린다면 성숙해―갈 수밖에 없다.

그 성숙해가는 과정에서 자녀는 자신의 인생을 주체적으

로 선택하고 결정해야 한다. 자녀가 단순히 신체적으로만 '성장' 하는 것이 아니라 정신적으로도 '성숙' 하기 위해서 부모가 해야 할 일은 무엇일까? 그것은 바로 용기를 가지고 자신의 노쇠와 죽음을 직시하는 것이다. 시간의 흐름을 지연시키거나 노화를 멈추는 기술이 탄생하지 않는 한 이것은 우리 모두가 숙명적으로 받아들이고 풀 수밖에 없는 숙제이다.

IT 관련 업체에서 10년 가까이 근무한 한 30대 여성이 클리닉을 찾았다.

공황발작(panic attack) 때문에 직장을 그만두고 혼자 사는 그녀에게

시골에 계시는 부모는 편하게 쉬라고 생활비를 부쳐주었다.

그런데도 그녀는 증세가 나아지지 않는다는 하소연과 함께 온갖 이유를 갖다대며

부모에게 화를 내는 것이었다.

"서른이 넘은 딸에게 푹 쉬라뇨? 내가 결혼하든 말든 부모님은 걱정도 안 하세요.

어쩌면 결혼하지 못하게 훼방 놓고 계시는지도 몰라요.

한번은 사귀던 남자를 인사시켰더니 필사적으로 반대하셔서

지금껏 결혼도 못하고 있는 거예요."

"쉬는 동안 기분전환도 할 겸 해외여행도 가고 싶고

요가나 아로마 테라피 같은 걸 배우고 싶은데, 어디 경제적인 여유가 있어야죠.

그러니 마음의 안정을 찾을 수가 없어요. 그런 줄 아시면 돈이라도 넉넉히 부쳐주시든지,

도무지 생각이 없으신 분들이에요."

"전에 다니던 직장에서는 일이 너무 많아서 집에 돌아오면 파김치가 될 정도였어요.

그런 데도 부모님은 동네 사람들에게 딸이 좋은 직장 다닌다고 자랑하고 싶으셔서

그만두라는 말씀은 한마디도 안 하셨어요. 자기 생각만 하시는 분들이에요."

CHAPTER 05

먹고 살기
힘든데
결혼이나
해버려?

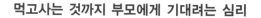

먹고사는 것까지 부모에게 기대려는 심리

IT 관련 업체에서 10년 가까이 근무한 한 30대 여성이 클리닉을 찾았다. 공황발작panic attack 때문에 직장을 그만두고 혼자 사는 그녀에게 시골에 계시는 부모는 편하게 쉬라고 생활비를 부쳐주었다. 그런데도 그녀는 증세가 나아지지 않는다는 하소연과 함께 온갖 이유를 갖다대며 부모에게 화를 내는 것이었다.

"서른이 넘은 딸에게 푹 쉬라니요? 내가 결혼하든 말든 부모님은 걱정도 안 하세요. 어쩌면 결혼하지 못하게 훼방 놓고 계신지도 몰라요. 한번은 사귀던 남자를 인사시켰더니 필사적으로 반대하셔서 지금껏 결혼도 못하고 있는 거예요."

"쉬는 동안 기분전환도 할 겸 해외여행도 가고 싶고 요가

나 아로마 테라피 같은 걸 배우고 싶은데, 어디 경제적인 여유가 있어야죠. 그러니 마음의 안정을 찾을 수가 없어요. 그런 줄 아시면 돈이라도 넉넉히 부쳐주시든지, 도무지 생각이 없으신 분들이에요."

"전에 다니던 직장에서는 일이 너무 많아서 집에 돌아오면 파김치가 될 정도였어요. 그런 데도 부모님은 동네 사람들에게 딸이 좋은 직장 다닌다고 자랑하고 싶으셔서 그만두라는 말씀은 한마디도 안 하셨어요. 자기 생각만 하시는 분들이에요."

"얼마 전에는 엄마가 갑자기 전화를 해서는 내년에는 아버지도 정년 퇴직을 하신다는 말을 꺼내시는 거예요. 그런 스트레스가 이 병에 얼마나 안 좋은지 아시면서도 말이에요."

공황발작 자체는 약물 요법으로 어느 정도 억제할 수 있었지만, 환자가 이런 마음 상태를 가지고 있으면 새 직장을 알아보기도 힘들 것 같았다. 그래서 우선 연습 삼아 아르바이트부터 해보라고 조언을 했다.

그녀는 부모님이 돈을 부쳐주니 아르바이트를 할 필요성을 느끼지 못하는 것 같았다. 집안 형편이 얼마나 넉넉한지 모르겠지만, 부모는 딸이 아쉬운 소리를 할 때마다 송금을 해주는 모양이었다.

이 여성에게 있어서 필요한 것은 부모가 돈을 더 많이 부쳐주거나, 좋은 일자리나 결혼 상대를 소개해주는 것이 아니다. 반대로 부모의 경제적인 지원을 줄이고, 스스로 생계를 책임지겠다는 마음을 갖도록 해주는 것이 무엇보다 중요하다.

　그러나 그녀는 그렇게 하면 자신의 생활수준이 낮아지는 것에 대해서 무척 겁을 먹고 있었다. 부모도 마찬가지였다. 허리띠를 졸라매서라도 딸에게 부치는 돈을 늘릴지언정, 지원을 줄이거나 끊으면 행여 딸이 잘못될까봐 두려움을 갖는 것 같았다. 자식을 위한 일인 줄 뻔히 알면서도 어떤 부모들에게는 그러한 결단을 내리는 것 자체가 견디기 힘든 공포인 것이다.

　일본 경제가 호황인 시기에 취직한 부모들은 취직난을 겪고 있는 자녀 세대보다 경제적으로 넉넉한 형편이다. 부유하고 건강한 부모들은 자녀가 몇 살을 먹든 지원을 아끼지 않는다. 클리닉을 찾는 20~30대 가운데에는 부모에게 얹혀살거나 독립해 살더라도 생활비를 받는 사람이 많다.

　우울증이나 정신분열증처럼 정식 치료를 요하는 질환이 아닌 인격 장애나 다이어트 장애는 웬만큼 증세가 호전되면 사회생활을 하면서 스스로 제어 방법을 익혀 나가야 한다. 하지만 취직하기도 힘든데 사회생활을 하기가 어디 쉽겠는가? 이런 경우에 부모가 경제적으로 지원을 할 수밖에 없는데, 이것이 되레 치료를 방해하는 경우도 적지 않다.

의식衣食이 풍족해야 예의를 안다고들 하지만, 곰곰이 생각해보면 먹고사는 문제를 해결하는 것보다 예의라는 인간의 도리를 깨우치는 것이 훨씬 더 어렵다. 그런 연유로 옛 사람들은 먼저 구체적이고 분명한 의식 문제를 해결하는 훈련을 해 두어야 더 높은 차원의 예의를 알 수 있다는 뜻에서 이런 격언을 만든 게 아니었을까.

그런데도 부모로부터 경제적인 지원을 받는 젊은이들은 먹고사는 문제는 스스로 해결해야 한다는 생각을 하지 않는다. 그들에게는 의식주를 해결하는 문제는 건너뛰고 예의를 아는 것, 즉 학업이나 일을 통해 자기 가치를 높이고 인생의 의미를 발견하는 것만이 과제로 던져진다. 하지만 그 과제조차 그들에게는 버겁게 다가온다. 부모로부터 "먹고살 걱정은 하지 말고 원하는 일을 찾아서 멋진 인생을 살라"는 말을 들어도, 어디서부터 손을 써야 할지 몰라 난감해하는 것이다.

사실 그들에게 정작 필요한 것은 우선 먹고사는 문제를 스스로 해결하는 방법을 터득하는 것인데도 본인이나 부모는 그렇게 생각하지 않는다. 오히려 환경이 받쳐주지 않아서 하고 싶은 일을 하지 못한다고 불평하면서, 경제적인 지원을 더 늘려달라고 바라는 형국인 것이다.

그렇다고 젊은 세대가 부모 덕분에 먹고살 걱정을 하지 않아도 되는 현실에 대해 고마워하거나 행복을 느끼는 것도 아니다. 또 부모의 경제적 지원을 받지 못하는 사람들은 그들대로 자신의 신세를 한탄하면서 부모를 향해 분노를 표출하고 있다.

✳ 사랑보다도 돈을 더 믿는다?

패러사이트 싱글이라는 말을 처음으로 사용한 사회학자 야마다 마사히로는 《패러사이트 사회의 행방―데이터를 통해 살펴본 일본 사회》에서 25~34세의 미혼 여성이 '배우자에게 바라는 연봉'과, 같은 또래의 미혼 남성의 '실제 연봉' 사이에는 상당한 격차가 있다고 지적한다.

도쿄 지역을 살펴보면, 배우자에게 연봉 6천만 원 이상을 기대하는 여성은 39.2퍼센트인 데 반해, 연봉이 6천만 원 이상인 미혼 남성은 3.5퍼센트에 그쳤다. 아오모리 지역에서는 각각 13.6퍼센트와 0.9퍼센트였다.

따라서 여성은 배우자감이 될 만한 사람의 수입이 자신의 기대에 크게 못 미치는 것을 알고는 결혼을 망설이고, 그런 사정을 아는 남성 또한 지레 결혼을 포기하고 만다. 야마다는 이런 경향을 '패러사이트 싱글의 불량채권화'라고 부른다.

그러나 결혼 생활을 하는 데 정말 그렇게 많은 돈이 드는 것일까? 그리고 결혼 생활을 하는 데 충분한 돈이 없다는 것이 젊은이들을 결혼에서 멀어지게 하는 주된 이유일까?

나는 생각이 좀 다르다. 앞서 소개한 공황장애를 앓는 여성의 경우처럼, 젊은이들이 결혼을 망설이는 이유는 돈이 없어서가 아니라 가난에 대한 불안과 두려움이 더 큰 이유라고 생각한다. 따라서 그들에게 진정 필요한 것은 수입을 늘리거나 돈 잘 버는 배우자를 만나서 결혼하는 것이 아니라, 먼저 자신이 바라는 생활수준을 낮추는 것이다.

그런데도 정부는 이 부분에 대해서는 완전히 반대로 생각하는 것 같다. 수입이 적어서 결혼하지 못한다는 젊은이들의 말을 곧이곧대로 믿고, 결혼과 출산을 장려하기 위해서는 국민의 경제적 기반을 안정시킬 수 있는 대책을 강구해야 한다고 여기는 듯하다.

일본 정부는 소자화少子化(아이를 적게 낳는 현상)사회대책기본법을 바탕으로 〈소자화사회백서〉를 발표했는데, 그 내용 가운데 출산율 저하의 원인으로 다음의 두 가지를 꼽고 있다.

1. 만혼화와 미혼화

2. 부부의 출산기피

그리고 그 현상의 이유로서 다음의 네 가지를 들고 있다.

1. 일과 육아를 양립할 수 있는 환경 조성의 지연과 고학력화
2. 결혼과 출산에 대한 가치관의 변화
3. 육아에 대한 부담감
4. 경제적 불안정

즉, 육아 부담과 경제적 불안정이라는 경제 문제가 강조되고 있으며, 구체적인 항목을 살펴봐도 이 문제에 많은 페이지를 할애하고 있다.

그러나 백서를 발간하기에 앞서 소자화문제조사위원회 회장인 모리 요시로의 이름으로 발표된 〈소자화문제조사위원회 중간보고서—향후 대책 방향에 관해서〉의 골자는 조금 다르다.

이 중간보고서를 살펴보면 '위원회에서 제기된 논의'의 첫머리에는 "개인을 강하게 의식하는 풍조의 기반이 되어온 법률·제도·교육 등을 재고하고, 국민의 생활양식, 의식과 가치관을 변화시켜 나갈 필요가 있다"라는 내용이 나온다.

그리고 구체적 대책은 다음과 같다.

개개인이 현재의 가치관·사적인 이익·욕구를 추구하는 경향을 해소하기 위해 아이들이 없는 사회의 문제점을 인식시키는 등, 국민들이 결혼과 출산을 인간의 본래적 삶의 방식이라고 자연스럽게 받아들이도록 사회 분위기를 조성할 필요가 있다. 더 나아가 이것은 단기적, 경제적 정책으로 대응할 수 있는 문제가 아니라 국민의 생활양식, 의식과 가치관의 문제라는 인식을 바탕으로 국민운동으로 추진해야 한다.

실제 위원회 석상에서는 옛날 가난하던 시절에도 집집마다 자녀를 여럿 낳아서 길렀다느니 한 입은 못 먹여 살려도 여러 입은 먹여 살릴 수 있다는 이야기까지 오고갔을 수도 있다. 여기서 '결혼과 출산은 인간의 본래적 삶의 방식'이라거나 '국민운동으로 추진해야 된다' 같은 표현을 걸고넘어지다가는 끝이 없을 테니 이 문제는 논외로 치자.

아무튼 그들은 경제 우선주의 사고방식이 개인들 사이에 파급되면서 출산율 저하를 초래했다고 생각하고 있었다. 그러나 연말의 백서에서는 돈에 연연하지 말고 결혼과 출산에 힘쓰자는 식으로 어조가 다운되면서 '경제적 안정'이란 단어가 부상한다. 경제 문제에 연연한 결과 출산율이 떨어지고 있다는 주장에서 물러나서, 경제적 안정이 중요하다는 식으로 논지가 뒤집어져버린 것 같다.

그들이 처음과는 달리, 생활이 좀 어렵더라도 인생에서 결혼과 출산을 대신할 만한 일은 없다고 강하게 주장하지 못한 배경으로는 크게 두 가지 요인을 꼽을 수 있다.

우선 앞의 조사에서 볼 수 있듯이, 미혼 여성들이 결혼을 생각할 때 현실과 동떨어진 생활수준을 바라는 기대 심리가 너무 강하다는 것이다. 연봉 6천만 원도 안 되는 남자와 어떻게 결혼하겠느냐는 여성들의 목소리를 그렇게 돈만 밝히지 말라는 설득으로는 도저히 가라앉힐 수가 없었던 것이다.

또 하나는 소자화문제조사위원회에 참관인으로 참여한 작가 시오노 나나미의 영향력을 들 수 있다. 위원회의 중간보고서에서 참관인으로 참여한 지식인들 가운데 시오노의 의견만 이름과 함께 소개되고 있는 것을 보더라도 그녀의 영향력이 얼마나 대단한지 알 수 있다.

❀ 시오노 나나미의 위험한 제안

당시 위원회의 참관인이었던 시오노가 어떤 의견을 내놓았는지 그 전모를 파악할 수는 없지만, 〈니혼게이자이신문〉의 저출산 문제 특집 기사에서 자세히 다루어진 그녀의 견해를 살펴보면 어느 정도 짐작할 수 있다.

팍스로마나라고 불리는 평화의 시대에 접어들자 로마에서는 지도층을 중심으로 출산을 기피하는 현상이 확산된다. (……) 출산율 저하를 우려한 초대 황제 아우구스투스는 미혼 여성에게 이른바 '독신세'를 물리고, 동일한 능력을 갖고 있을 경우에는 자녀가 많은 남성을 우선적으로 공직에 채용하는 정책을 써 결혼과 출산을 장려했다. 출산율 저하 문제가 그리 심각하지 않았음에도 불구하고 대책을 강구한 것이다. 이 제도는 300년 가까이 유지되었고, 그 결과 상당한 성과를 거두었다. (……) 적극적으로 저출산 문제를 해결하려면 자녀를 둔 가정에 철저한 경제적 지원을 해야 한다. 세금 공제 같은 어중간한 대책으로는 안 된다. 자녀가 네 명인 경우에는 수당만으로 먹고살 정도로 철저한 지원을 해야 한다. 그리고 아우구스투스의 결단을 본받아서 경력 면에서도 자녀를 둔 사람에게 유리한 제도를 만들어야 한다. 그런데 자녀를 둔 가정에 충분한 경제 지원을 하는 유럽에서도 직업적 우대 정책까지는 시행하지 않고 있다. 일본은 머지않아 총인구가 줄어드는 사태를 맞을 것이므로 선수를 쳐야 한다.

이처럼 시오노 나나미는 철저한 경제 지원의 필요성을 역설하고 있다. 그 밖에도 '육아가 가능한 여성은 유능하므로 자녀가 있는 여성을 직장에서 1계급 승진' 시키고 '자녀를 두 명 이상 둔 직원에게 종신고용을 보장' 하는 등, 경력 면에서도 자녀를 둔 사람을 우대해야 한다고 제안하고 있다. 이런 우대 조치는 개인의 경제적 안정에 기여할 것이다.

결국 그녀는 결혼과 출산은 당연한 일이라는 전제 아래에서, 경제적 이유 때문에 그 당연한 일을 실천하기 어려운 사람들을 돕는 조치를 강구해야 한다고 말하고 싶은 것 같다. 나중에 시오노는 잡지 〈현대〉와의 인터뷰에서 이 〈니혼게이자이신문〉 기사에 관해 이렇게 말했다.

"얼마 전에 〈니혼게이자이신문〉에서 저출산 문제를 취재하기 위해 한 여성 기자가 찾아왔다. 그녀에게 자녀가 있냐고 물어보았더니 결혼을 하지 않았고 물론 자녀도 없다고 대답했다. 상당히 똑똑한 기자였으며, 그녀에게 저출산율 대책에 관한 기사를 쓸 능력이 없다고 생각하는 것은 결코 아니다. 하지만 이 문제의 심각성을 이해하는 감수성 문제에 이르면 어떨지 의문이다."

그녀는 이어서 이렇게 말했다.

"언론이 저출산 대책을 진지하게 생각한다면 자녀를 둔 사람들로 팀을 구성해 취재를 하는 것이 바람직하고, 자녀가 없는 사람들에게는 다른 문제를 맡기면 된다."

한술 더 떠서 이렇게 지적했다.

"저출산율 문제만큼은 반드시 자녀가 있는 공무원만 맡을 수 있도록 해야 한다. 경험이 없으면 이해할 수 없는 업무이기 때문이다."

참고로 〈니혼게이자이신문〉은 설 특집에서도 출산율 저하 문제에 관한 기사를 연재했다. 그때 나는 '불임 치료'를 주제로 한 기사의 인터뷰 요청을 받고, 불임 치료 현장에서 고통 받는 여성들의 이야기를 했다.

취재 기자는 남성이었지만, 서로 자녀가 있냐고 확인하는 절차는 없었다. 만약에 그 기자도 독신이었다면, 자녀도 없는 남녀가 저출산 문제와 불임 치료에 관해 이야기를 나눈 셈이 된다. 시오노가 보았다면 대단히 웃기는 장면이었을 것이다.

문제는 경제적 부담감이 아닌 심리에 있다

나는 정신과 임상 현장에서 일하면서, 자녀가 없으니 등교를 거부하는 자녀를 둔 부모의 심정을 어떻게 알겠느냐, 미혼이니 무심한 남편 때문에 마음 고생하는 주부의 심정을 어떻게 이해하겠느냐는 말을 여러 번 들었다. 그리고 그때마다 왠지 떳떳하지 못한 기분이 들었다.

그러다가 어느 순간에 깨달았다. 경험 없이는 환자나 그 가족의 심정을 이해하지 못한다는 주장이 사실이라면, 정신과 의사도 우울증이나 자살 시도, 치매를 경험해보아야 한다는 말이 된다. 하지만 그것은 불가능하다.

그리고 치료한다는 것과 이해한다는 것은 본질적으로 차원이 다른 문제이다. 극단적으로 말하자면 정신과 의사에게 요구되는 자질은 문제나 증상을 해결하는 능력이며, 그런 능력을 갖추었다면 상대의 심정을 다 헤아릴 필요까지는 없다. 클리닉을 찾은 사람들도 그 사실을 알 텐데 왜 미혼이기 때문에 자녀 문제나 부부 문제를 이해 못한다고 말하는 것일까?

그리고 지금까지 건강한 부모를 둔 의사에게 치매가 걸린 부모의 치료를 맡길 수 없다거나, 정리해고를 당해 우울증을 겪어보지 못한 의사가 어떻게 자기 심정을 이해할 수 있겠냐는 이야기를 들은 적이 없다는 사실을 깨달았다.

경험이 없으니 이해할 수 없다고 볼멘소리를 하는 사람들은 어머니나 아내(극히 적지만 아버지나 남편)뿐이다. 그리고 이런 경우를 제외하고는 경험이 없으니 이해를 못하는 거 아니냐고 문제 삼는다면 나도 냉정하게 그렇지 않다, 전문가로서 충분히 이해하니 마음 놓으라고 대답할 수 있다. 그러나 내가 독신인 사실을 들먹이며 자기 처지를 이해 못한다는 식으로 말하면 "죄송합니다. 그럼 주치의를 바꾸시겠어요?" 하고 감정적인 반응을 보이고 만다.

물론 결혼, 출산, 육아는 인생에서 아주 중요한 경험이고, 경험하지 못하면 결코 알 수 없는 부분도 있을 것이다. 하지만 그것은 치매나 정리해고도 마찬가지가 아닐까 싶다.

왜 유독 결혼과 육아만은 경험하지 못하면 알 수 없는 영역이며, 미경험자는 나설 자격이 없다고 여기는 것일까? 그리고 경험자에게 그런 말을 들은 미경험자들이 심리적으로 위축되고 자신감을 잃어버리는 이유는 무엇일까? 바로 여기에 결혼과 출산 문제에 접근하는 중요한 열쇠가 있다고 생각한다.

시오노 나나미의 발언으로 되돌아가자. 미경험자에게 저출산 문제에 대해 발언할 자격이 있는지의 여부는 제쳐놓더라도, 그녀가 경제적 지원을 받아야 한다고 주장하는 대상은 상당히 한정되어 있다. 1년에 6천만 원도 못 버는 남자와 결혼해서 빠듯하게 사느니 부모 밑에서 편하고 여유롭게 살겠다는 패러사이트 싱글이나, 결혼보다는 일을 우선하는 열혈 직장인에게 경제적 지원을 해야 한다는 말이 아니다. 결혼과 출산은 인간의 본분이라는 굳은 신념을 가졌지만 경제적인 어려움 때문에 결혼과 출산을 실천하지 못하는 '온전한 사람'만이 원조의 대상인 것이다.

물론 현실적으로도 결혼해서 가난하게 사느니 부모에게 얹혀서 편하고 자유롭게 살겠다는 사람들까지 만족시킬 만한 경제적 지원은 불가능하다. 그런데 국가 정책까지 바꿔놓을 만큼 영향력을 가진 그녀의 신념어린 주장대로 '육아 비용의 경감'과 '자녀부양 가정 우대' 정책이 시행되더라도 원조의 대상이 되는 온전한 사람이 얼마나 있을지 의문이다.

그런 대책으로는 생활수준이 떨어지는 것을 두려워하거나 일을 통해 자아실현을 꿈꾸는 사람들이 결혼을 결심하도록 만들기는 어렵지 않을까? 애초에 시오노의 머리 속에는 그런 어처구니없는 이유로 인간 본연의 도리인 결혼과 출산을 기피하는 사람은 존재하지 않을지도 모른다.

결혼이나 출산 문제 이전에, 젊은이들이 부모의 생활비 보조가 끊길까 봐 겁을 내고 가난한 남자와 결혼해서 쪼들리며 살까 봐 전전긍긍하는 그 쓸데없는 두려움에서 해방시키는 것이야말로 근본적인 해법이다. 경제적인 문제 때문에 결혼을 기피하는 것이 아니라 심리적인 문제 때문인 것이다.

따라서 부모도 자녀에게 어떻게든 경제적인 도움을 주려고 애쓸 것이 아니라 어떻게든 경제적인 도움을 주지 않으려고 노력할 필요가 있다. 하지만 부모 세대는 무언가를 하지 말라고 요구하는 것을 무언가를 하라고 요구하는 것보다 훨씬 힘들어하는 것 같다.

언젠가 은둔형 외톨이 자녀를 둔 한 부모가 진료실에 찾아와서 이런 말을 했다.

"아이를 위해서라면 아무리 어려운 교육 관련서도 읽을 수 있고, 규슈든 외국이든 아무리 먼 곳에서 열리는 강연회에도 참석할 수 있어요. 하지만 아무 말 말고 지켜보라고만 하니 어떻게 해야 좋을지 모르겠어요."

정도의 차이는 있겠지만 어느 부모나 비슷한 문제를 안고 있다. 결국 이러한 부모 세대의 사고방식이 젊은이들에게 원조가 끊기는 것을 겁내고 생활수준이 낮아지는 것을 불안해하도록 조장하고 있는 게 아닐까.

❋ 빨리 결혼하려는 사람들의 심리

그런데 최근에는 추세가 조금씩 달라지고 있는 것 같다.

한 결혼정보회사에서 연애와 결혼에 대한 의식 조사를 실시했는데, 젊어서 일찍 결혼해 출산하기를 바라는 여성이 증가하고 있다는 결과를 얻었다고 발표했다. 상당히 의외의 결과이다. 이 조사는 성인식을 치른 독신 남녀 310명을 대상으로 실시된 것으로, 표본 수는 많지 않다. '일찍 결혼하고 싶다'라고 대답한 여성의 비율을 살펴보면, 2003년 같은 조사에서 11.0퍼센트였으나 이번 조사에서는 23.9퍼센트로 늘어났다. 한편 일찍 결혼하고 싶다는 남성은 13.0퍼센트에서 15.5퍼센트로 약간 늘어나는 데 그쳤다.

'일찍 결혼하고 싶다'라고 대답한 사람들은 '출산과 육아가 수월하다'는 이유를 가장 많이 꼽았다. 자녀를 희망하는 사람도 85퍼센트를 넘었다. 이 조사를 실시한 업체에서는 "이전 세대가 반면교사로 작용하면서 조혼과 출산 희망이 강해졌다"고 분석하고 있다.

이 '반면교사'라는 말이 일만 하다가 결혼 시기를 놓치고 뒤늦게 후회하는 독신자들에 대한 부정적인 이미지에서 나온 것인지, 아니면 독신자들이 경제적으로 그리 풍족하지 못한 생활을 한다는 현실적인 문제에서 나온 것인지는 알 수 없다. 그러나 어느 쪽이든 간에 요즘 젊은이들에게는 생활수준이 낮아지는 것이 두려워서 결혼을 망설이다가 30대, 40대에 돌입한 선배들이 선망의 대상이 아닌 것만은 분명하다.

앞서 소개했듯이 오구라 지카코는 《결혼의 조건》에서 고등학교를 졸업하고 지방에 거주하는 남녀는 비교적 일찍 결혼한다고 했는데, 그 이유는 결혼을 통해 먹고사는 문제를 해결하기 위해서라고 말한다. 대단히 절박한 동기라고 할 수 있는데, 그렇다면 지금의 신세대들도 먹고사는 문제를 해결하기 위해 일찍 결혼하려는 것일까?

꼭 그렇지만은 않은 것 같다. 그렇다고 오구라가 말하는 전문대학 출신 여성들처럼 영리하게도 몇 년 직장 다니다가 돈벌이가 괜찮은 남자와 결혼해 전업주부로 주저앉으려는 특징을 보이는가 하면 그렇지도 않은 것 같다.

참고로 내 강의를 듣는 여학생(모두 대학교 3학년생) 28명에게 물어보았더니, 일찍 결혼하고 싶다고 대답한 사람이 22명, 직장 생활을 하다가 늦게 결혼하겠다는 사람이 3명, 결혼하고 싶지 않다고 대답한 사람은 1명뿐이었다. 자녀 문제에 대해서는 2명을 뺀 나머지는 자녀를 원한다고 대답했다. 그리고 3분의 2는 자녀가 생기면 일을 그만두겠다고 대답했으며, 전업주부 희망자도 절반에 가까웠다.

나는 학생들에게 결혼해서 전업주부가 되면 지금처럼 풍족한 생활을 누리기 어렵다고 일러주었다. 그렇다고 돈 잘 버는 남자를 만나서 풍족하게 살겠다는 학생은 별로 없었고,

전업주부를 희망하는 학생들은 한결같이 참겠다고 대답했다. 나는 남편 생각을 해서 참는 거냐고 물었다가 학생들에게 비웃음만 사고 말았다. 그들에게서 돌아온 대답은 경제적인 어려움은 있더라도 일하지 않고 편하게 살고 싶다는 것이다. 즉, 그녀들은 부유함보다 편안함에 더 큰 가치를 두었다.

❋ 제 힘으로 먹고살기가 부담스러워 결혼하는 사람들

나는 종종 여학생들에게 일찍 결혼을 하든 전업주부로 지내든 상관없지만, 한 번이라도 제 손으로 돈을 벌어 생계를 책임지는 경험을 해보라고 조언한다.

앞서 소개한 소자화문제조사위원회의 중간보고서는 '출산율 저하와 출산 기피를 조장하는 제도를 채택하는 데 있어서 신중한 고려가 필요하고, 가정과 학교에서 부모, 조상, 자손을 소중히 여기고 가족의 가치를 실감할 수 있도록 가르쳐야 하며, 무분별한 사고방식에 치우친 교육과 사회 제도를 바로잡아야 한다'고 역설한다. 그러니 저출산 대책을 담당하는 공무원들이 내 말을 듣는다면, 어렵사리 결혼하겠다고 결심한 젊은이들에게 취직하라고 괜한 헛바람을 넣는다며 인상을 찌푸릴지도 모르겠다.

　그러나 정치가들이 우려할 필요도 없이 학생들 스스로가 취직을 권유하면 강한 거부감을 내비쳤다. 취직은 생각만 해도 무섭고 곧 결혼할 테니 아르바이트나 하면서 지내겠다는 것이었다. 몇 번 같은 이야기를 했더니 아예 강의에 나오지 않는 여학생도 있었다.

　아무리 생각해도 이 여학생들이 일찍 결혼해서 가정을 꾸리겠다는 이유가 인간의 본분을 다하기 위해서는 아닌 것 같다. 그저 사회에 나가서 일하는 것이 두려워서 둘이서 연봉 3천만 원으로 먹고살아도 좋으니 결혼하고 싶은 것이다.

　결국 한편에서는 결혼 후에 생활수준이 낮아지는 것을 우려해 독신을 선택하는 사람들이 있고, 다른 한편에서는 제힘으로 벌어먹고 살기가 부담스러워 결혼을 희망하는 것이다. 적극적으로 삶을 개척하지 않고 편하게 살려고 생각한다는 점에서 양자는 똑같다고 할 수 있다.

　이런 경향에 대해 최근 실시한 출생동향 기본조사는 "지난번 조사에서와는 달리 평생 독신으로 사는 것은 바람직하지 않고, 가급적 이혼은 피해야 하며, 동거하거나 결혼하겠다고 생각하는 사람들이 늘고 있다. 독신 생활에 대한 미혼자의 선호도가 떨어지면서 결혼에 대한 의욕이 높아지고 있다"라고 긍정적인 평가를 내리는 듯하다.

과연 그럴까? 사회에 나가서 힘들게 일하느니 형편이 어렵더라도 결혼을 통해 먹고사는 문제를 해결하려는 젊은 여성이 실제로 늘고 있다면, 생활수준이 떨어지는 것이 두려워서 결혼을 기피하던 예년에 비해 여성들의 불안과 공포가 더 커졌다는 말이 된다. 결과적으로 상황이 좋아지고 있다고는 볼 수 없는 것이다.

그저 편하게 살고 싶어 하는 의존적인 젊은이들이 늘어난 탓에 일시적으로 결혼과 출산이 증가한 것이라고 해도 정부는 결혼기피와 저출산에 대한 대책이 효과를 보았다고 좋아할 수 있을까? 출산과 결혼을 도피처로 생각하는 나약한 젊은이들은 결코 시오노 나나미가 생각하는 인간의 본분을 다하는 올바른 사람들이 아님을 사회 지도자들도 인식할 필요가 있다.

다음에 소개하는 에피소드는 잡지〈아에라〉에 실린 한 여성의 이야기이다.

'돈도 잘 버는데 남자에게 차였다' 라는 제목의 아주 인상적인 수기였다.

그녀는 전문직에 종사하는 유능한 커리어우먼이었다.

동거하는 남자보다 수입도 훨씬 많아서 자연히 생활비도 더 냈고,

선물로 모터사이클 같은 값비싼 물건도 아까운 줄 모르고 사주었다.

경제적인 여유가 있으니 사랑하는 사람에게 당연히 해 줄 수 있는 일이라고 여겨서

생색을 내거나 보답을 바라지도 않았다. 그야말로 순수한 애정의 발로였다.

그런데 어느 날, 그 남자는 좋아하는 여자가 생겼으니 헤어지자는 말을 꺼냈다.

그녀는 처음에는 무슨 날벼락 같은 소리인가 싶어 어이가 없고 황당하기도 했지만,

남자가 작심을 하고 그런 말을 꺼낼 정도면 이미 돌이킬 수 없는 상태에

이른 것이라 판단하고 현실을 받아들이기로 했다.

자기 남자의 마음을 앗아간 그 여성이 어떤 사람인지가 궁금하기도 했다.

그래서 자존심이 상했지만 그 여성에 관해 물어보았다.

남자의 대답을 듣고 그녀는 애인의 변심을 더욱 납득할 수가 없었다.

새로 사귄 여자가 변변한 수입도 없는 백수라는 것이었다.

게다가 그 남자에게서 들은 말은 더 충격적이었다.

"나는 혼자서도 충분히 잘 살아갈 수 있을 거야.

하지만 그 여자는 내가 곁에서 보살펴주지 않으면 세상살이가 힘든 여자야.

그러니 내가 곁에서 지켜주어야 해."

CHAPTER 06

여자의
적은
여자

유능한 커리어우먼이 다 퀸카는 아니다

다음에 소개하는 에피소드는 잡지 〈아에라〉에 실린 한 여성의 이야기이다. '돈도 잘 버는데 남자에게 차였다'라는 제목의 아주 인상적인 수기였다.

그녀는 전문직에 종사하는 유능한 커리어우먼이었다. 동거하는 남자보다 수입도 훨씬 많아서 자연히 생활비도 더 냈고, 선물로 모터사이클 같은 값비싼 물건도 아까운 줄 모르고 사주었다. 경제적인 여유가 있으니 사랑하는 사람에게 당연히 해 줄 수 있는 일이라고 여겨서 생색을 내거나 보답을 바라지도 않았다. 그야말로 순수한 애정의 발로였다.

그런데 어느 날, 그 남자는 좋아하는 여자가 생겼으니 헤어지자는 말을 꺼냈다. 그녀는 처음에는 무슨 날벼락 같은 소리인가 싶어 어이가 없고 황당하기도 했지만, 남자가 작심을 하고 그런 말을 꺼낼 정도면 이미 돌이킬 수 없는 상태에 이른 것이라 판단하고 현실을 받아들이기로 했다. 자기 남자의 마음을 앗아간 그 여성이 어떤 사람인지가 궁금하기도 했다. 그래서 자존심이 상했지만 그 여성에 관해 물어보았다. 남자의 대답을 듣고 그녀는 애인의 변심을 더욱 납득할 수가 없었다. 새로 사귄 여자가 변변한 수입도 없는 백수라는 것이었다. 게다가 그 남자에게서 들은 말은 더 충격적이었다.

"너는 혼자서도 충분히 잘 살아갈 수 있을 거야. 하지만 그 여자는 내가 곁에서 보살펴주지 않으면 세상살이가 힘든 여자야. 그러니 내가 곁에서 지켜주어야 해."

그녀는 남자의 심리를 도저히 이해할 수가 없었다. 그 남자가 자신을 설득하기 위해 즉흥적으로 지어낸 말일지도 모르지만, 설사 그렇다하더라도 그런 말로 헤어지는 애인에게 이해를 구한다고 하는 것 자체가 쇼킹했다고 했다. 그리고는 번듯한 직장을 다니고 수입도 좋은 여자보다는 일도 없고 돈도 벌지 못하는 여자가 한 수 위라는 사실을 뼈저리게 느꼈다는 것이다.

이 여성의 이야기는 사회에서는 승자 그룹에 속하는 것으로 인정받지만 연애와 결혼에서는 실패하는 여성의 전형적인 사례라고 할 수 있다.

고수입의 전문직 여성들은 사회에서 대접받는다. 그리고 그렇게 되기 위해 그녀들이 기울인 노력과 정성은 눈물겹다고 하지 않을 수 없다. 학창시절에는 공부를 잘해야 성공해서 멋진 인생을 살 수 있다는 부모와 교사의 말을 믿고 한눈 팔지 않고 열심히 공부했다. 대개는 집에서나 학교에서나 모범생이란 소리를 들었으며, 남자들 비위나 맞추는 머리 나쁜 여학생들을 속으로 경멸해왔다. 사회에 나가서도 죽어라 일했고, 그에 따른 노력의 결실도 거두었다.

그러다가 연애와 결혼 문제만큼은 지금까지 자신들이 해왔던 방식으로는 통하지 않는다는 것을 서서히 깨닫게 된다. 결혼할 나이가 되면 명문 대학 출신도 아니고 취직에도 별 관심이 없는 여성들, 즉 자신들 보다 한 수 아래이고 심지어 속으로 경멸하고 냉소했던 여자들이 되레 남자들의 선택을 받는 것이다. 결국 생활력 없는 여자도 결혼은 잘만 하는데 자신은 남자에게 버림받기나 하는 처량한 신세라는 생각에 성공한 커리어우먼으로서의 자부심이 처참하게 무너지는 것이다.

🌸 유능한 여자는 일도 결혼도 잘한다

게다가 전에는 독신으로 살면서도 사회적으로 능력을 인정받고 당당하게 살아가는 여성들이 많았으나, 근래에는 유능한 여자들도 대부분 결혼을 하는 추세로 변했다. 이전에는 정치인 도이 다카코나 작가 가미사카 후유코처럼 능력 있는 독신 여성들이 있어서, 싱글 여성들은 나름대로 자부심을 가지고 살았다. 하지만 최근에는 유능한 여자들도 대부분 결혼을 한다. 아니, 유능한 여자일수록 자신에게 어울리는 근사한 남자를 만나서 결혼한다.

그 전형이라 할 만한 여성이 우주비행사인 무카이 지아키이다. 대학병원에서 심장외과 의사로 근무하던 그녀는 우주개발사업단에 우주비행사 후보로 채용된 후 병리학자이자 의과대 조교수인 무카이 마키오와 결혼했다. 남편은 권위적인 구석이라곤 찾아볼 수 없는 온화하고 유머 감각이 풍부한 사람이었다. 따라서 많은 미혼 여성들이 이 부부에게 호감을 가졌다.

그런데 이렇게 일에 파묻혀 사는 유능한 여성이 결혼을 했고, 그것도 의대 조교수라는 명망 있는 배우자를 맞이했다는 사실은 독신 여성들을 곤경에 빠뜨렸다. 일이 바빠서 결혼은 꿈도 못 꾼다거나 일에 지장을 줄까 봐 결혼을 망설인다는 말이 단순한 핑계와 도피에 지나지 않는 것처럼 다른 사람들에게 비쳐지게 된 것이다.

마사코 왕세자비의 결혼도 마찬가지다. 약혼에 즈음해 발표된 마사코 왕세자비의 프로필을 살펴보면, 대학에 다닐 때나 외무성에 근무할 때도 요리교실에 다니거나 서예를 배우는 등 그녀가 결혼을 염두에 두고 차근차근 준비를 해왔음을 알 수 있다.

결혼을 남 일인 듯이 받아들이거나 구체적인 상대가 나타나면 그 때 가서 생각할 문제라고 여기지 않고, 언젠가 맞이할 결혼 생활을 내다보며 착실히 준비하는 과정에서 퍼즐의 한 조각처럼 왕세자라는 남편감을 만난 것이다.

마사코 왕세자비에게는 왕세자를 남편으로 맞이하는 데 대한 망설임은 있었을지 몰라도 결혼에 대한 본질적인 회의는 없었을 것이다. 마사코 왕세자비 정도의 여성이, 아니 마사코 왕세자비처럼 모든 것을 다 갖춘 여성이었기에 결혼이냐 일이냐를 놓고 고민하지 않고 결혼도 일도 당연하게 받아들인 것이다.

왕세자비의 결혼 역시 바쁘다는 핑계로 결혼을 미루던 여성들에게는 어떤 의미에서 큰 충격이었을 것이다.

더 이상 공부 때문에 일 때문에 결혼을 못한다는 이유는 통하지 않게 됐다. 결혼할 생각이 아예 없거나 남성 기피증을 가진 사람을 제외하고는 어떤 처지에 놓인 여성에게도 결혼은 더 이상 선택의 문제가 아니게 사회 분위기가 변해버린 것이다.

이렇게 말하면 정반대 상황이 아니냐고 의아해하는 사람도 있을 것이다. 옛날에는 결혼이란 반드시 해야 하는 것이었지만 지금은 그런 억압도 사라졌으며, 실제로 결혼하지 않는 사람도 늘어나고 있지 않느냐고 말이다.

그러나 결혼이 인생의 전부가 아니고, 결혼보다 일이나 자유가 중요하며, 여성도 결혼에 얽매일 필요가 없다고 믿던 시절은 이미 지나가 버린 것처럼 보이는 게 요즘 풍조다. 사람들이 결혼의 구속에서 해방되려고 노력했던 시기는 1970년대 초부터 거품경제가 붕괴된 1990년대 초에 이르는 20년 동안에 불과했던 것 같다.

그 뒤로 자유에 대한 환상이 깨지면서 돈 잘 버는 여자나 일과 결혼을 병행하려는 여자보다 돈 잘 버는 남편을 둔 여자가 더 낫다는 풍조가 만연해졌다. 그리하여 결혼은 다시 사람들을 옭아매는 문제가 되고 말았다.

그런데 언론이나 교육 현장에서는 여전히 열심히 노력하

면 성공해서 멋진 인생을 살 수 있다거나 삶의 방식은 개인의 선택 문제라는 '환상 시대' 의 메시지를 되풀이하고 있다. 그래서 그 말만 믿고는 열심히 공부하고 유학을 다녀오고 죽어라 일하는 여자들은 늘어만 간다.

이제 결혼 따위를 안 하면 어떠냐고 큰소리 칠 수도 없는 상황이다. 결혼에 대해 회의를 품거나 일이 바빠서 결혼 못 한다는 핑계도 통하지 않는다. 그런 줄 알면서도 일을 그만두지도 못하고 상대를 만나지도 못한다.

그런 갈등 속에서 자신이 정말로 결혼을 원하는지조차 확신하지 못한 채 속절없이 패배의식에 빠져드는 사람도 적지 않을 것이다.

✽ 아내와 엄마로서의 삶을 엿보는 싱글들

결혼은 한심한 여자의 도피처가 아니며 유능한 여자일수록 결혼해서 잘산다는 사실이 밝혀진 이래, 기혼 여성들 중에는 결혼했다는 것만으로 무슨 경쟁에서 이기기라도 한 것처럼 승자 의식이나 우월감을 드러내는 사람들이 생겨났다.

실제로 그녀들이 경기에 나간 것도 아니고, 패자가 생긴 것도 아니다. 하지만 자신을 '승자' 로 설정한 순간 어딘가에는 '패자'가 있을 것만 같은 느낌을 갖는다. 일단 그렇게 생각하면, 자신에게도 이런저런 사정이 있었듯이 미혼 여성에게도 결혼하지 않은 그런저런 사정이 있을 것이라는 생각을 하지 않는다. 패자에게는 사정 따위가 있을 리 없다고 여기는 것이다.

최근 30대 여성들이 주로 읽는 한 여성지의 인터뷰 요청을 받았다. 편집자의 설명에 따르면 기혼자를 의식해서 잡지를 만들지는 않지만 독자의 70퍼센트는 결혼한 주부라고 한다. 그 가운데 자녀를 둔 독자도 절반을 차지한다고 했다. 대부분이 소위 부유한 전업주부라는 것이다. 그렇지만 거꾸로 생각하면 독자 가운데 나머지 절반은 자녀가 없고, 30퍼센트 정도는 남편도 자녀도 없는 미혼 여성인 셈이다.

수만 명에 이르는 독자 한 사람 한 사람이 왜 결혼하지 않았는지, 왜 자녀가 없는지는 알 수 없다. 그러나 잡지를 만드는 입장에서는 아무래도 주 독자층인 자녀를 둔 기혼 여성을 의식해서 지면을 구성할 수밖에 없다고 한다.

그 말은 이해가 가지만 지면을 장식하는 화보나 기사들이 지나치다 싶게 자녀를 둔 부유한 주부의 일상을 다루고 있는 데 놀랐다. 동시에 독신 여성이나 자녀 없는 주부들을 미묘하게 의식한 카피나 독자들의 발언이 군데군데 배치되어 있는 것도 왠지 거슬렸다.

기혼 여성으로의 삶이 행복하다는 것이 아니라, 주 독자층으로 하여금 싱글이나 자녀가 없는 기혼 여성에 대한 우월감을 느끼게 해주는 것처럼 보였다. 가령 '결혼식 피로연 옷차림—싱글 여성과 차별화된 모습을 연출하자!', '엄마도 여자란다—자녀들 유치원에 갈 때 돋보이는 패션', '아이들이 있는 행복한 거실 풍경!' 같은 카피가 그렇다.

앞서 언급했듯이 이 잡지는 자녀를 둔 부유한 주부만이 아니라 싱글들도 많이 읽는다고 한다. 그런데 아내이자 어머니로서의 삶이 독신 생활보다 몇 배는 행복하다는 차별성 있는 메시지를 전면에 드러내는 잡지를 싱글 여성이나 자녀 없는 주부들이 읽으려 들까? 그런 의문이 들어서 편집자에게 물어보았더니 오히려 독신 독자들이 늘고 있다는 대답이었다. 돈 잘 버는 남편과 결혼해서 살면 어떨지 살짝 들여다보고 싶은 심리가 있다는 것이 편집자의 분석이었다. 결혼과 출산을 생각하는 미혼 여성에게는 외롭고 고달픈 독신 생활의 저 너머에는 멋진 삶이 기다리고 있다는 기대감이 작용하는 것인지도 모르겠다.

결혼 적령기를 넘기고 현실적으로 결혼하기 어렵다는 사실을 깨달으면 그만 읽겠지만, 개중에는 그래도 끈질기게 구독하는 독신자도 있다고 편집자가 일러주었다. 왜 그녀들이 독신 생활을 부정하는 내용들로 채워진 이런 잡지를 던져버리지 못하는지 모르겠지만, 여대생들을 보면서 그 힌트가 될 만한 것을 발견한 적이 있다. 그들은 걸핏하면 "사는 세계가 다르다"라는 말을 입에 올렸다.

이 말이 젊은이들의 유행어라면 할 말은 없다. 한번은 이런 일이 있었다. 어떤 학생에게 얼른 논문을 완성하라는 뜻으로 "A는 벌써 논문을 다 썼다는데 너도 열심히 해야지" 하고 말했더니, 아무렇지도 않게 그녀는 이렇게 말했다.

"수재인 A와는 사는 세계가 달라요."

예쁘고, 스타일 좋고, 집안도 부유하고, 근사한 남자친구도 있고, 머리끝에서 발끝까지 온통 명품으로 치장하고 다니고, 좋은 직장에 취직도 되고……. 이 모든 것이 '사는 세계가 다르다'는 말이면 끝난다. 다를 것 없다, 똑같은 사람이니 너도 노력하면 그렇게 될 수 있다고 타이르면 웃음거리가 되기 딱 좋다.

"사는 세계가 다르다"라는 한마디로 자신의 게으름과 무기력에 대한 핑계를 삼으려는 것이겠지만, 그와 동시에 어쩔 수 없이 존재하는 사회적 '격차'를 넘어서려는 자신감 상실과 부조리한 세상에 맞서려는 패기를 상실한 젊은이들의 심리도 엿볼 수 있다.

　사회적으로 빈부격차가 심하다고 연일 시끄러운데, 이처럼 소득이나 학력 말고도 눈에 보이지 않는 부분까지 격차가 벌어지고 있는 것이다. 학생들을 보고 있으면 격차라고 할 수도 없는 사소한 차이까지 '사는 세계가 다르다'는 억지 논리를 갖다 붙여서 큰 '격차'로 받아들이려는 것 같기도 하다. 사실 '격차' 자체보다 그 격차를 어쩔 수 없는 것, 해결할 수 없는 것으로 받아들이는 것이 더 큰 문제이다.

　그리고 더욱 심각한 것은 그 격차를 근거로 자기보다 못하다고 생각하는 사람에게 노골적으로 우위를 드러내는 태도이다. 어쩌면 독신자를 비웃고 있는 여성 잡지를 놓지 못하는 독신 여성들은 이 사람들과 사는 세계가 다르니 무시당해도 어쩔 수 없다고 여기고, 상처를 받으면서도 분노도 반발심도 못 느끼는지 모른다. 그러니 '격차'를 내세워 잘난 척하는 기혼 여성들은 싱글들도 인정하지 않느냐며 더욱 위세를 부리는 것이 아닐까?

✽ 나랑 비슷한 여자가 싫다

　이런 잡지들만 문제가 아니라 앞서 소개한 《마귀할멈이 되어가는 여자들》의 저자 미사고 지즈루나 시오노 나나미 같은 사회 지도층 여성들도 문제다. 사고방식이나 처지가 다른 여성들을 상대로 비판을 쏟아내는 최근의 경향 역시 대단히 우려스럽다.

더구나 그녀들의 '신탁'은 지나치게 일방적이어서, 독신이나 자녀 없는 여성들이 가령 '어리석은 여자일수록 결혼에 목을 맨다', '심술할멈이 되어가는 애 딸린 여자들' 같은 책을 낸다면 무시하려 들 것이다.

클리닉을 찾은 직장 다니는 주부 이야기이다. 그녀의 말에 따르면 집에 급한 일이 있어서 정시 퇴근하겠다고 말하면 독신 여성들이 이만저만 눈치를 주는 것이 아니라고 한다. 밤샘 근무를 해야 할 판인데 뻔뻔스럽게 퇴근한다고 비아냥댄다는 것이다. 게다가 일이 밀려서 늦게까지 야근을 할라치면 아이는 제대로 키우느냐고 빈정대니 불면증까지 걸렸다는 것이다.

그러나 그녀는 같은 부서에서 일하는 자신과 비슷한 처지의 여성에 대해 이야기할 때는 동지가 아닌 적의 태도를 보였다. 아이 유치원 시험이 있다고 휴가를 내다니 너무 무책임하고 무신경하다며, 자신과 그 여성의 사소한 차이를 찾아내 비판하는 것이었다.

비슷한 처지에 있는 여성끼리 서로 협력하지 않고, 사소한 차이를 들먹여 서로 헐뜯고 공격한다면 기혼자와 독신자, 자녀가 있는 주부와 없는 주부가 여성이라는 큰 틀에서 서로 이해하고 협력하는 것은 불가능하다.

한 월간지에 실린 불임치료에 관련된 수기는 우리에게 시사하는 바가 크다. "불임 클리닉 대기실은 아주 불쾌한 공간이다. 처음 불임치료를 받는 여성과 두 번째인 여성, 치료에 성공해서 기뻐 어쩔 줄 모르는 여성과 여전히 치료를 받고 있는 여성들 사이에는 메워지지 않는 깊은 골이 존재하며 불임 클리닉에서 속내를 드러내고 이야기를 나눌 만한 친구를 사귀지 못하는 사람이 많다."

외부 사람이 보기에 불임치료를 받는다면 결혼해서 남편의 사랑을 받는 사람일 테고, 같은 목적을 가진 여성이니까 서로 이해하고 배려하는 친구 사이로 쉽게 발전할 수 있을 것 같지만, 결과는 그 반대라는 것이다. 비슷하면서도 근소한 차이가 있는 사이일수록 다툼이 치열한 법이다.

그 여성들이 유별나게 이기적이고 고약한 사람이어서 그런 것은 아닐 것이다. 불임 클리닉 대기실이라는 비유적인 공간이 아니어도, 현실에서도 비슷한 처지에 있는 사람 사이에는 경쟁의식이 생기게 마련이다. 사는 세계가 다르다는 논리로 위안을 삼기에는 처지가 너무 비슷한 것이다. 왜 같은 조건인데도 어떤 사람에게는 좋은 일이 생기고 자신에게는 운이 따르지 않는지를 받아들이기 어렵기 때문에 선망과 질투는 더 커지게 마련이다.

예전에 도쿄에서 일어난 '입시 살인 사건'(1999년 11월에 일어난 유아 살해 사건. 한 여성이 명문 초등학교에 지원한 자신의 아들은 입시에 떨어지고 같은 유치원에 다니던 다른 아이가 합격하자 질투심에 못 이겨 그 아이의 여동생을 살해한 사건이다. 당시 이 사건은 일본 사회를 발칵 뒤집어놓았다―옮긴이)도 그런 심리에서 저질러진 사건이다.

비슷한 처지에 별것도 아닌 것을 가지고 차별화를 꾀하고 우열을 가려 승리를 뽐내며, 자기보다 못나 보이는 사람 앞에서 노골적으로 유세를 떨거나 매정하게 구는 여성들도 자신과는 전혀 '다른 세계'의 사람에게는 존경과 친절을 내보일 수 있다.

어쩌면 평소에 처지가 비슷한 여성에게 이기려고 기를 쓰느라 자신의 존재를 위협하지 않는 상대에게는 부담 없이 감동하고 동정하는 것이 아닐까? 이를테면 뭐 저런 여자가 다 있냐고 헐뜯다가도, 꿋꿋하게 살아가는 장애인의 모습을 보면서 속죄까지는 아니더라도 동정의 눈물을 흘림으로써 무의식중에 마음의 균형을 유지하려 드는 것이다.

《마귀할멈이 되어가는 여자들》과 같은 책과 함께 '암과 싸우는 서퍼' 나 '맹인 안내견의 일생' 같은 감동을 불러일으키는 이야기들이 잘 팔리는 것도 이와 무관하지 않은 듯하다.

❋ 승자인 척할 수밖에 없는 기혼 여성들

여자가 여자를 차별하고 공격하는 사태에 관해 작가인 이에다 소코는 이렇게 언급하고 있다. 참고로 그녀도 결혼 문제로 힘겨운 일들을 겪은 적이 있다.

"결혼과 이혼은 본인의 자유이다. 그런데도 독신이거나 이혼한 여성들은 일부 여성, 특히 기혼 여성들이 내뱉는 말을 가장 무서워한다. 승자처럼 굴고 싱글 여성들을 동정하는 척하면서 가차 없이 배척하는 여성들이 있다. 자녀를 둔 기혼 여성들이 자녀가 없는 여성을 제구실을 못하는 여자라고 왕따시키는 경우처럼 말이다."

나는 이에다의 글을 읽으면서 신선한 충격을 느꼈다. 이에다는 현재 재혼해서 행복하게 살고 있다. 상대는 경제적인 능력을 갖춘 사람이며, 전 남편과의 사이에서 낳은 딸을 함께 키우고 있다. 이처럼 이에다는 일에서도 결혼에서도 성공한 여성이며, 싱글 여성들에게 큰소리칠 만한 인물이다. 그렇지만 이에다는 싱글 여성의 입장에 서서 그들의 고충을 이해하고 대변하려고 노력한다. 자신의 처지를 앞세우기보다는 타인의 입장을 이해하고 배려하는 태도가 나에게는 무척 신선하게 다가왔다.

이에다는 르포를 작성하느라 매일 많은 여성을 취재하면서, "승자인 척하는 기혼 여성들도 남편의 외도나 금전 문제 같은 많은 고민을 안고 살아간다"는 사실을 알게 되었다고 한다. 그리고 자신의 경험을 곁들여 싱글 여성에게 이렇게 조언한다.

"주위에 승자인 척하는 기혼 여성들이 많습니까? 그들이 가해오는 왕따 비슷한 압박을 피하려고 허둥지둥 결혼하지 말기 바랍니다. 왜냐하면 내 결혼이 바로 그랬으니까요."

과연 이처럼 성실하고 배려 깊은 충고를 할 수 있는 기혼 여성이 몇이나 될까?

그런데 이에다는 '승자인 척하는 기혼 여성'이라는 표현을 하고 있다. 요컨대 미혼 여성이나 자녀가 없는 기혼 여성을 동정하는 기혼 여성들 가운데에는 집안 문제로 골머리를 앓으면서도 독신 여성들 앞에서는 승자인 '척' 행동하는 사람도 있다는 말이다.

앞서 살펴보았듯이 기혼 여성들의 고민은 분명 심각하다. 정보와 기회가 넘쳐나는 현대 사회에서 결혼했다고 해서 인생이 해피엔드인 것도 아니고, 문을 닫아걸고 집 안에 틀어박혀 사는 것만이 여자의 행복도 아니다. 경제적인 어려움이 따르더라도 결혼해서 편하게 살면 그만이라고 여기는 것은 사회 생활하는 것을 두려워하는 세대뿐이다.

만약에 기혼 여성들이 속으로 골병이 들면서도 승자인 척하는 것이라면 도대체 그 이유가 무엇일까? 모순처럼 들리겠지만 그녀들은 등급을 매기고 자기보다 못하다고 여겨지는 여성들에게 우월감이라도 갖지 않으면 도저히 마음의 안정을 유지할 수가 없다. 자신의 고통이 결혼에서 비롯된 것이더라도 그 고통을 해소하려면 결혼했다는 사실을 비장의 카드로 사용할 수밖에 없는 것이다.

물론 본질적인 해결책은 남편과 솔직한 대화를 나누거나 결혼 생활 자체에서 벗어나는 방법밖에 없다. 하지만 그들 눈에는 그것이 무리한 일이고 손해 보는 일로만 여겨진다. 그러니 어쨌든 현재는 불임으로 고생하지만 결혼을 했고 자식 하나는 얻었다는 식으로 그렇지 않은 여성 앞에서 승리를 과시하는 편이 낫다는 얄팍한 결론에 이르는 것이다.

그것은 어떤 의미에서 매우 효과적인 스트레스 해소법이

다. 이에다와 마찬가지로 임상을 통해 많은 기혼 여성의 고충을 접하는 나로서는 충분히 이해할 수 있는 상황이다. 그러나 그런 방식으로 승리에 집착함으로써 심리적 안정을 얻는 여성은 사태가 더 나빠져도 그 승리에 대한 집착을 버리지 못한다.

클리닉을 찾은 한 기혼 여성도 결혼 생활과 남편에 대한 불평, 불만을 집요하게 늘어놓으며 자신이 얼마나 불행하고 고통스러운지를 하소연했다. 진료실이 이혼상담소도 아니니 이혼하라는 말은 차마 못했지만, 아무리 생각해도 그렇게 끔찍하게 싫다면 결혼 생활에서 벗어나는 편이 그녀에게 나을 것 같았다.

그러나 그녀는 이혼만은 절대로 안 된다고 말했다. 단지 주변 사람들에게 이혼녀로 보이는 것이 싫다는 이유에서였다. 이혼 자체가 싫은 것이 아니라 '이혼한 여자'라는 말을 듣는 것이 싫어서 이혼하지 않겠다니 얼마나 고통스러운 선택일까? 하지만 더 이상의 적극적인 조언은 피하기로 했다.

거듭 말하지만 결혼에 얽힌 이런저런 고민—직장을 그만둬야 한다거나 무심한 남편으로 인한 마음고생이나 경제적인 어려움 같은—과는 무관해 보이는 여성학자나 작가들까지 나서서 싱글이나 자녀가 없는 여성들의 삶을 싸잡아 비난하고 공격하는 것은 문제가 아닐 수 없다.

　성공한 삶을 살아가는 사회 지도층 여성이니만큼 개인적 가치관을 뛰어넘어 여성 전체의 행복과 이익을 위해 생각하고 발언해주기를 바란다. 이렇게 말하면 무슨 철없는 소리냐, 자기 일은 스스로 책임질 줄 알아야 한다고 비웃음을 사겠지만 말이다.

앞장에서는 여성들 사이에서 관찰되는 내부 분열적인 사태에 대해 살펴보았다.

하지만 여성들이 항상 자신과 다른 여성을 비교해 등급을 나누고

우열을 가리려 드는 것은 아니다.

가령 출신 대학이나 연봉 문제에 대해서는 남성들보다 덜 예민하다.

불임 클리닉에 다니는 여성들이 인공수정 시도가 몇 번째이고 치료가 성공했는지 여부를

가지고 같은 처지의 여성들과 비교해 신경을 곤두세우는 일은 있다.

하지만 자격증 취득 설명회 같은 자리에 모인 여성들이 출신 대학이나 유학 경험을 들먹이며

서로 비교하는 일은 별로 없다.

어떤 자리에서든 출신 대학이나 졸업 기수부터 확인하는 것은 남성들의 전매특허이다.

일반적으로 여성들은 호전적이지도 않고 경쟁을 좋아하지도 않으며,

지위나 서열 따위에 연연해하지 않는다.

그런데도 왜 유독 결혼과 출산 문제와 연관되면 태도가 일변하는 것일까?

CHAPTER 07

결혼은
결국
선택

결혼＝행복？

앞장에서는 여성들 사이에서 관찰되는 내부 분열적인 사태에 대해 살펴보았다. 하지만 여성들이 항상 자신과 다른 여성을 비교해 등급을 나누고 우열을 가리려 드는 것은 아니다.

가령 출신 대학이나 연봉 문제에 대해서는 남성들보다 덜 예민하다. 불임 클리닉에 다니는 여성들이 인공수정 시도가 몇 번째이고 치료가 성공했는지 여부를 가지고 같은 처지의 여성들과 비교해 신경을 곤두세우는 일은 있다. 하지만 자격증 취득 설명회 같은 자리에 모인 여성들이 출신 대학이나 유학 경험을 들먹이며 서로 비교하는 일은 별로 없다.

어떤 자리에서든 출신 대학이나 졸업 기수부터 확인하는 것은 남성들의 전매특허이다. 일반적으로 여성들은 호전적이지도 않고 경쟁을 좋아하지도 않으며, 지위나 서열 따위에 연연해하지 않는다. 그런데도 왜 유독 결혼과 출산 문제와 연관되면 태도가 일변하는 것일까?

가토 슈이치는 《연애결혼은 무엇을 초래했나—성도덕과 우생사상 백년사》의 첫머리에서 결혼이 곧 행복이라는 불변의 이미지에 대해 언급하면서 이렇게 말한다.

"'결혼'과 '행복'이라는 두 기호의 결합은 대단히 뿌리 깊다. 사람들은 결혼이 원만하게 유지되는 상태가 아니라, 결혼이라는 행위 자체를 행복이라고 생각하는 것 같다. 순서를 따지자면 결혼해서 행복해지는 것이 아니라 결혼이 곧 행복인 것이다. 결혼 생활이 원만한지를 가늠하는 행복과는 별개로 결혼 그 자체가 행복이라는 관념이 존재하는 것이다."

결국은 누구와 결혼하고 어떻게 살든지 '결혼'은 '행복'이란 말이다. 구체적인 알맹이도 없이 결혼이 곧 행복이라면 그런 결혼이나 행복이 무슨 의미가 있느냐고 생각할 수도 있다. 하지만 많은 여성들은 설령 알맹이가 없더라도 그것이 '행복'이라면 차지하는 것이 이득이고 승리이며, 그 '행복'을 얻지 못하는 것은 손해고 패배라고 생각한다. 그래서 폭력적이거나 돈벌이가 시원찮은 남편과 살더라도 '결혼'만 했으면 '행복'한 사람이고, 결혼하지 않은 여성을 동정하고 훈계할 권리를 갖는다.

그런데 여성에게는 이 알맹이 없는 '행복'으로 메울 수밖에 없는 결여된 부분이 정말 존재하는 것일까? 그리고 여성은 이 알맹이 없는 '행복'을 차지했다고 해서 그렇지 못한 사람을 보면서 안도감을 느껴야 할 정도로 결핍감이 강한 것일까?

유감스럽게도 그런 요소를 부정할 수는 없을 듯하다. 그것이 생물학적인 이유 때문인지, 정신분석학에서 말하는 여성의 무의식적 특성때문인지, 아니면 '여성스러움'을 요구하는 후천적 교육 때문인지는 알 수 없다. 어쨌든 대부분의 여성은 알맹이 없는 행복으로라도 메우지 않으면 안 된다는 결핍감과, 남과 비교해서 자신을 확인할 수밖에 없는 불완전성을 내면에 가지고 있다. 그래서 결혼이 행복의 보증수표가 아니라는 당연한 사실을 깨닫고 자유로운 삶을 선택하는 사람들이 늘어나는 가운데서도, 결혼이 곧 행복이라는 법칙에서 헤어나지 못하는 사람이 있는 것이다. 문제는 자유로운 삶을 선택한 사람도 완전히 그 법칙에서 해방되지는 못하고 있다는 점이다. 그래서 '행복'을 차지한 사람들이 자기 확신을 얻으려고 동정어린 말을 던지면, 흘려듣지 못하고 가슴 한구석에 도사리고 있던 결핍감과 불완전성이 되살아나면서 상처를 받는다.

누군가에게 선택받고 싶어 결혼한다?

그런데 왜 여성의 존재적 결핍감은 유독 결혼이 곧 행복이라는 등식에 의해서만 메워지는 걸까? 왜 학력이나 경제력으로는 메워지지 않는 것일까?

그것은 결혼이 그 내용과는 상관없이 누군가에게 선택받는다는 형식을 취하기 때문인 것 같다. 학업 성적이나 업무 성과는 열심히 노력하면 그만큼 오른다. 그러나 결과를 예측할 수 있는 그런 일은 그 성과가 아무리 크더라도 여성의 결핍감을 온전히 메워주지 못한다.

일에서 성공하는 것은 타인에게 선택받는 것이 아니라 스스로 쟁취하는 것인 데 반해, 결혼을 통한 성공은 타인의 선택을 받음으로써 가능하다. 합리적으로 생각하면 남의 힘을 빌려 얻은 승리보다는 자력으로 얻은 승리가 값지다. 하지만 여성의 존재적 결핍감은 스스로 채우기보다는 누군가에 의해 채워지는 것이 훨씬 가치가 있는 것일까?

"여성은 눈앞의 남성을 보고 있을 때도 시선은 그 위의 신을 향한다"라는 정신분석학자 라캉의 말처럼, 여성이 품고 있는 결핍감은 본질적으로 신의 선택에 의해서만 채워질 수 있는 것인지도 모른다.

이렇게 말하면 결혼과 출산은 인간 본연의 도리라는 주장이 옳아 보인다. 하지만 이런 논리를 내세워 결혼하라고 강요하고 위협하는 것은 부당하다. 여성의 존재적 결핍감은 타인에게 선택을 받는 결혼이라는 '행복'에 의해서만 메워질 수 있다는 설득이나 위협은 실제로 결혼의 절대적인 명분이 되지 못한다.

그렇게 할수록 오히려 결혼에 대해 더 신중해지는 사람, 그런 안이한 발상으로 결혼을 선택하지 않겠다며 완강해지는 사람, 누구에게도 선택받지 못했다고 우울해하는 사람만 늘어날 뿐이다. 사람들이 결혼을 무서워하게 된다는 말이다.

《마귀할멈이 되어가는 여자들》의 저자가 여성성 운운하며 얼른 아무 남자나 골라서 결혼하고 출산하라고 재촉한들, 결혼은 해도 무섭고 안 해도 무섭다는 공포심이 가시지는 않는다. 결혼하지 않으면 불행한 일을 당할 것이라는 위협은 결국 결혼에 대한 공포심만 조장하는 역효과를 부를 것이다.

더구나 아무 남자나 골라서 결혼하라는 말도 너무 억지이다. 《마귀할멈이 되어가는 여자들》의 저자는 자녀들에 대한 이야기는 하지만 남편 이야기는 하지 않는다. 이 책을 읽은 독자라면 당신은 아무 남자나 골라서 적당히 결혼했느냐, 아니면 운명의 남자와 맺어졌느냐, 지금은 행복하냐고 저자에게 묻고 싶을 것이다.

1장과 2장에서 소개했듯이 요즘 미혼 여성들은 허상에 지나지 않는 '행복'에 이끌려 결혼해서, 결국 채워지지 않는 허전함을 앓다가 욘사마에게 빠져드는 중년 여성들의 실상을 잘 안다. 그리고 일하는 기쁨, 성장하고 성취하는 보람에 눈뜬 여성들의 삶에 대해서도 잘 알고 있다.

그런 정보들을 접한 이상, 아무리 결혼이 존재적 결핍감을 메워주는 유일한 대안이라고 꼬드겨도 아무 남자나 골라서 얼른 결혼해야겠다고 쉽사리 달려들지는 않을 것이다.

✿ 회사에서 일하듯 남편을 찾아라?

최근에는 결혼에 대한 새로운 접근법이 등장하고 있다. 그것은 '마귀할멈 방식'이나 독신세를 물리자는 '시오노 나나미 방식', 전통적인 가치관과 미덕을 회복하자는 '복고주의 방식'과는 차별성을 보인다. 일보다 결혼이 먼저라고 주장하는 것이 아니라, 일을 통해 자아실현을 꾀하면서 동시에 그 노하우를 고스란히 결혼에 활용하자는 주장이다.

미국에서 잇따라 출간된 결혼 매뉴얼 책들이 그렇다. 그 결정판이라 할 만한 책은 몇 년전 미국에서 출간돼 베스트셀러에 오른 레이첼 그린월드의 《32세, 남편을 찾아라(Find a Husband After 35)》이다. 이 책은 서른 살 이상의 경력직 여성을 타깃으로 삼은 결혼 지침서인데, 하버드 MBA식 결혼 전략이라는 부제가 보여주듯, 결혼에 마케팅 이론을 적용했다.

미국에서는 이 책이 나오기 전에도 엘렌 페인의 《결혼에 성공한 여자의 35가지 법칙(Rules II: More Rules to Live and Love By)》이나 《1년 안에 베스트 파트너와 결혼하는 방법(The Marriage Plan : How to Marry Your Soul Mate in One Year or Less)》 같은 책이 출간된 바 있다.

이런 책들은 대개 수입을 3배로 늘리는 방법은 알아도 애인을 발견하는 방법은 모른다는 식으로 커리어우먼의 아픈 데를 찌르고 있다. 그러면서 일에는 일류이지만 연애에는 초보인 당신은 잠자코 내 말에 따르라는 식의 보수적인 교제술을 나열해가며 수험서나 교본처럼 설명한다.

그러나 《32세, 남편을 찾아라》는 그런 책들과는 달리 커리어우먼에게 업무 노하우를 연애와 결혼에 고스란히 적용할 수 있다고 말한다. 업무에 적용해온 익숙한 마케팅 이론을 살려서 연애도 하고 결혼도 할 수 있다니, 독신 여성들로서는 눈이 번쩍 뜨이는 책이 아닐 수 없다. 기존의 지침서에서는 일을 잘한다고 결혼도 잘하는 것은 아니고 지금과 정반대로 행동해야 결혼할 수 있다며 개종을 강요받고 상처를 받았다. 커리어우먼들은 현재의 삶의 방식을 긍정하고 평가하는 내용에 우선 마음이 놓이는 것이다.

그런데 《32세, 남편을 찾아라》에는 결정적으로 빠진 것이 있다. 바로 결혼에 대한 정신론─남편은 서로 의지하며 살아가는 친구이기도 하다는─이다. 이러한 정신론은 너무 단정적이라는 비판을 받기도 한 《결혼에 성공한 여자의 35가지 법칙》이나 《1년 안에 베스트 파트너와 결혼하는 방법》 같은 책에서도 조금은 다루어지고 있다.

저자는 책머리에서 단호하게 못을 박는다. "왜 싱글이고 왜 결혼을 못하는지 그런 쓸데없는 생각은 집어치워라. 이유나 사정은 제각각일 테니 고민할 필요도 분석할 필요도 없다. 정말로 결혼하고 싶다면 그 바람을 행동에 옮기는 것, 그것이 전부이다."

일을 잘하는 것이 결혼에는 아무 쓸모없다는 말에 풀이 죽었던 사람들은 '하버드 MBA식 결혼 전략'이라는 표지 카피를 보면서, 책장을 펼치기 전부터 전폭적인 신뢰를 보낼 준비가 되어 있을지도 모른다. 그래서 생각하거나 분석하지 말고 시키는 대로만 하면 결혼할 수 있다는 말에 솔깃할 것이다. 이른바 세뇌 메커니즘이다.

독자들은 '자신이 정말로 결혼을 원하는가'라는 중요한 문제에 대해서는 고민하지 말아야 한다. 책장을 펼치자마자 아무 생각하지 말고 시키는 대로 차근차근 단계를 밟다 보면 원하는 결과를 얻을 수 있다고 못을 박아버리기 때문이다. 서점 진열대에 쫙 깔린 잘 팔리는 취업 관련서와 똑같은 원리인 것이다.

말하자면 이런 책들은 취직이든 결혼이든 간에 독자들이 그 의미를 따지거나, 할 건지 말 건지 생각하지도 못하도록 만드는 것이다. 대개 잘 팔리는 지침서들은 표지와 제목만으로 독자들의 마음을 사로잡아서 사고 정지 상태로 몰아넣은 다음, 처음부터 아무 생각 말고 시키는 대로만 하면 된다는 믿음을 주입시킨다. 그렇게 해놓으면 독자들은 무슨 말을 하든지 수긍하고 따라오기 때문이다.

❋ 결혼에 대한 의식을 진화시켜라

그런데 미국 사회에도 반 강제적으로 결혼을 시키려는 움직임이 엿보인다.

미국에서 육아휴직을 마치고 복직하는 여성의 비율이 최근에 미묘하게 줄어들고 있다는 기사를 읽은 적이 있다. 여배우기네스 펠트로가 출산 후에 한동안 육아에 전념하겠다고 발표했을 때도 대부분의 언론은 그 선택을 칭찬했다. 여성은 모름지기 결혼해야 한다거나 아이는 어머니 손에서 커야 한다는 보수적인 가치관이 미국에서도 부활하고 있는 것일까?

물론 가치관은 시대나 문화의 흐름에 따라 변한다. 만혼화나 결혼기피증, 출산율 저하도 언제까지 계속되리란 법은 없다. 하지만 그것이 정말로 시대나 문화 흐름에 따른 자연적인 변화일까? 혹시 '누군가의 의지'가 작용하고 있는 것은 아닐까?

다음 장에서는 결혼이 국가정책에 이용되고 정부의 의도에 좌지우지되어온 역사를 소개하려 한다. 그에 앞서 말해두고 싶은 것은, 지금도 결혼과 출산이 정부와 정치인의 의도나 계산에 따라 통제될 위험성은 충분히 존재한다는 사실이다. 그리고 아무리 생각해도 그 계획은 여성의 행복을 실현하는 쪽으로 나아가는 것 같지는 않다.

앞서 말했듯이 여성은 존재적인 결핍감과 불완전성 때문에 유독 결혼과 출산 문제에 민감하다. 그래서 여성들끼리 등급을 매기고 우열을 다투는 경향이 있다는 사실은 부정할 수 없다. 하지만 그렇다고 해서 여성들이 결혼 문제를 둘러싸고 분열하는 것은 어쩔 수 없으니, 여성의 적은 여성이라는 식으로 생각할 수는 없다.

생물학적 바탕이나 무의식적 구조가 원래 그렇게 생겨먹었다는 논리로 여성의 삶을 강제하고 구속해서는 안 된다. 여성들 스스로도 자신의 힘으로 성취한 것을 최고로 여기거나, 적어도 자신의 힘으로 성취한 것을 타인의 선택으로 얻은 것만큼 귀하게 여길 줄 알아야 진정한 행복에 이를 수 있을 것이다.

세계화, 정보화의 소용돌이 속에서 여성에게만 신체의 목소리를 좇아 가정을 지키라는 말은 무의미할 뿐만 아니라 애초에 불가능한 요구이다. 여성들이 시대에 뒤떨어지고 참된 삶에서 소외되지 않으려면 의식적이고 이성적으로 개인의 행복과 여성 문제를 바라보고, 억지로라도 스스로를 진화시켜 나가야 한다.

그리고 '결혼이 곧 행복'이라는 등식으로 여성의 존재적 결핍감을 해소하려 하지 말고, 결혼과 행복을 떼놓고 생각해야 한다. 결혼이 바람직하지 않다거나 불필요하다는 이야기로 오해하지 말기 바란다. 정말로 원하는 결혼을 하기 위해서라도 한 번쯤 결혼과 행복을 구분해서 생각할 필요가 있다는 말이다.

다만 유예기간은 그리 길지 않다. 여성들의 생각이 빨리 진화하지 않는다면 국가의 의도에 따라 결혼과 출산에 내몰리는 사회 시스템이 먼저 자리를 잡을지도 모른다. 결혼이나 자녀 문제를 둘러싸고 여성들끼리 분열하고 있을 여유가 없다.

일본의 결혼 제도를 메이지시대(1868~1912년)에 주창된 일부일처제의 역사를

바탕으로 고찰한 가토 슈이치의 《연애결혼은 무엇을 초래했나》에도

여성의 분열상을 지적하는 대목이 나온다.

그것은 1980년대 초의 어느 오후, '애인뱅크(중년 남성들에게 젊은 여성을 소개해주던

조직적인 회원제 매춘 업체-옮긴이)'를 운영하며 일세를 풍미한 쓰쓰미 마치코가

한 텔레비전 프로그램에 출연해서 "주부도 전업 매춘부나 마찬가지다"라고 말했을 때의 일이다.

그 순간 스튜디오에 방청객으로 나와 있던 주부들이 분노와 적대감을 드러내며

술렁거리던 장면은 지금도 기억이 생생하다.

젠더 문제에 관심을 갖기 시작한 대학생이었던 나는 주부들의 노골적인 악의와 적대감에

불안하고도 당황스러웠다.

애인뱅크를 두둔해서 그런 것은 아니었다.

가정이라는 영역에 울타리를 쳐놓고는 그 바깥에 있는 여성들을 경멸함으로써

자신을 정당화하고 자신의 가치를 지키려는 그녀들의 심리에 공포를 느꼈던 것이다.

CHAPTER 08

결혼,
안 하면
매국노?

일부일처제가 이상적인 결혼일까?

일본의 결혼 제도를 메이지시대(1868~1912년)에 주창된 일부일처제의 역사를 바탕으로 고찰한 가토 슈이치의 《연애결혼은 무엇을 초래했나》에도 여성의 분열상을 지적하는 대목이 나온다.

그것은 1980년대 초의 어느 오후, '애인뱅크(중년 남성들에게 젊은 여성을 소개해주던 조직적인 회원제 매춘 업체—옮긴이)'를 운영하며 일세를 풍미한 쓰쓰미 마치코가 한 텔레비전 프로그램에 출연해서 "주부도 전업 매춘부나 마찬가지다"라고 말했을 때의 일이다. 그 순간 스튜디오에 방청객으로 나와 있던 주부들이 분노와 적대감을 드러내며 술렁거리던 장면은 지금도 기억이 생생하다. 젠더 문제에 관심을 갖기 시작한 대학생이었던 나는 주부들의 노골적인 악의와 적대감에 불안하고도 당황스러웠다. 애인뱅크를 두둔해서 그런 것은 아니었다. 가정이라는 영역에 울타리를 쳐놓고는 그 바깥에 있는 여성들을 경멸함으로써 자신을 정당화하고 자신의 가치를 지키려는 그녀들의 심리에 공포를 느꼈던 것이다.

여기서 주목할 것은 등급을 매겨 자신보다 못나 보이는 여성을 경멸함으로써 자신의 안전을 확보할 수밖에 없는 주부들의 내면에 도사린 불안이다.

가토 슈이치는 이 주부들의 심리는 창녀를 멸시한 폐창 운동가의 정신을 이어받은 일종의 전통적인 반응이라고 지적한다.

'전통'이라면 그런 반응이 먼 옛날부터 있어왔다는 것인가? 물론 그렇지 않다. 쇼와시대(1926~1989년)에도 본처 외에 첩을 두는 남성들이 있었고, 공창제도에 근거한 집창촌까지 있었다는 사실을 누구나 알고 있다. 그러나 메이지시대에 들어 후쿠자와 유키치(일본의 계몽 사상가이자 교육자. 서양 문명의 수입과 부국강병을 주장하여 자본주의 발달의 사상적 근거를 마련한 인물—옮긴이) 등이 앞장서면서 일본이 일부일처제 국가를 지향했던 것은 분명하다.

가토는 주부들이 '남편의 첩'과 자신이 전혀 다르다고 본 이유는 '사랑=결혼=가정, 결혼=행복'이라는 이데올로기에 세뇌된 탓이라고 말한다. 즉, 그들은 사랑에 근거한 결혼과 결혼에 근거한 행복한 가정이라는 특정한 생활 패턴만을 올바른 규범이라고 믿고, 거기에서 일탈한 사람들을 심하게 경멸한 것이다.

그런 그들의 머릿속에 결혼이 곧 사랑은 아니며, 가정을 이루는 것만이 결혼은 아니라는 생각은 비집고 들어갈 틈이 없다. 사실 여성들 자신도 가정을 절대시하는 그 규범에 순응하는 편이다. 남자의 성적 방종에는 관대하고 여성에게만 정숙을 강요하는 이율배반적 논리임을 눈치 채고 있었으면서도 말이다. 가토는 이것이 바로 근대 일본 사회의 이데올로기라고 말한다.

그런데 왜 '사랑=결혼=가정'이라는 이데올로기가 급속히 확산되었던 것일까? 가토는 메이지시대 이후 일본 사회에 일부일처제를 뿌리내리려고 노력한 사람들의 발언과 행보를 치밀하게 좇는 과정에서 '행복한 결혼'의 보급에는 어떤 거대한 속셈이 감추어져 있다는 사실을 발견했다.

"행복에 이르는 결혼은, 남편과 아내가 '선량한 자녀'를 낳아 기르며 화목한 가정을 꾸리는 것이다. 그러나 그것은 누구에게나 가능한 일은 아니다. 유전적으로 우량한 체질을 지니며 그것을 자손에게 전할 수 있는 남녀만이 '행복'을 얻을 수 있다. 그리고 그 '행복'은 당사자들이 의식하든 하지 않든 국가의 생산적 기반으로 이어진다."

일부일처제 자체는 서양의 기독교적인 결혼관과 가족관을 반영한 제도이다. 메이지시대에는 이 일부일처제가 들어오는 동시에 진화론과 유전학도 소개되었다. '유전적 우열'은 그 생산물인 '자손'에게도 반영된다. 따라서 자손의 질을 향상시키려면 유전적으로 우수한 남녀만이 생식을 해야 한다. 메이지시대에 국가정책에 관여한 사상가나 학자들은 당당히 그런 주장을 펼쳤다. 그런 사회 분위기 속에서 당시 사람들은 서양의 제도와 최첨단 과학인 우생학에 바탕을 둔 일부일처제 결혼이야말로 진보적인 결혼이라고 진지하게 믿었던 것이다.

❋ 결혼을 강요하는 국가의 흑심

우수한 자손을 얻기 위해 신원이 확실한 남녀만 결혼해야 한다는 이데올로기는 메이지시대의 사상가들만 주장한 것이 아니었다. 오늘날 여성해방운동의 상징적인 인물로 거론되는 히라쓰카 라이초에 대해 가토는 히라쓰카의 다음과 같은 발언을 인용하면서, 그녀가 '여성보호' 보다 우위에 둔 목표는 '사회안정'과 '국가발전' 이었다고 밝히고 있다.

"본디 어머니는 생명의 원천이며, 여자는 어머니가 되면서 개인적 존재의 영역을 넘어서 사회적, 국가적 존재가 된다. 따라서 어머니를 보호하는 것은 개인의 행복을 위해 필요할 뿐 아니라, 그 자녀를 통해 사회 전체의 행복과 인류 전체의 장래를 도모하는 데 필요한 일이다."

영화 〈히라쓰카 라이초의 생애—원시, 여성은 태양이었다〉에서 히라쓰카는 "여성은 한 사람 한 사람이 모두 천재이다"라고 선언했다. 그랬던 그가 '어머니는 국가적 존재' 라고 발언을 하는 것을 보면 왠지 괴리감이 느껴진다.

사실 히라쓰카의 모성보호주의적인 발언은 "임신 분만기의 여성이 국가에 대해 보호를 요구하는 것은 국가에 기생하는 것이며, 의존주의이다"라는 여류시인 요사노 아키코의 주장에 대한 반론으로 제기된 것이었다.

요사노는 모성을 보호하자는 것처럼 들리는 히라쓰카의 주장의 배후에 국가주의의 그림자가 어른거리는 것을 간과하지 않고, "이 무슨 무서운 발언인가? 아이는 국가의 소유물이 아니다. 히라쓰카가 말하는 '사회의 것, 국가의 것' 이 절대 아니다"라고 대응했던 것이다.

요사노가 '무섭다'고 느낀 것은 아이들이 사회적인 보호를 받는 상황이 아니다. 본질적으로 가장 개인적인 영역에 속하는 연애, 결혼, 출산이라는 인생의 중대사가 어느새 사회를 위한 것, 국가를 위한 것으로 탈바꿈한 상황, 그것을 직관적으로 '무섭다'고 느낀 것이다.

이런 의식은 지금도 여전히 정치가나 지식인들 사이에서 만혼화나 저출산 문제가 외교나 연금 문제와 같은 차원에서 논의되는 현실에 대해 우리가 느끼는 위화감과 맥락을 같이한다.

친구들끼리 둘러앉아서 연애나 결혼 이야기를 나누는 것은 즐겁다. 하지만 어머니로부터 아버지 정년도 얼마 안 남았으니 얼른 결혼하라는 재촉을 받을 때는 갑자기 부담스러워진다. 그만 좀 하라고 버럭 소리라도 지르고 싶은 심정이 되는 것이다. 본래 자신만의 비밀스러운 문제여야 할 연애나 결혼이 느닷없이 사회성을 띠게 된 것이 두렵고 당황스럽기 때문이다. 그러나 가족이나 직장 동료들이 결혼 문제를 자꾸 들먹이다 보면 자신도 모르는 사이에 결혼을 사회적인 문제로 받아들이게 되고, 호화 결혼식이나 거창한 피로연에 대해서도 애초에 가졌던 거부감이 점점 사라지게 된다.

결혼은 개인의 선택이지 주변에서 이러니저러니 참견할 문제가 아니라며 결혼의 사회성을 부정하고 독신을 고집하는 사람도 물론 있다. 실제로 제도적 결혼을 거부하고 사실혼 관계를 유지하는 커플도 늘고 있다.

이 사회화된 결혼과 어느 지점에서 타협할 것인지가 결혼을 결정하는 관건이 아닐까 싶다. 현실적으로 우리가 결혼을 결정하는 데 고려하는 '사회'라고 하면 기껏해야 부모와 친척, 직장 동료 정도일 것이다. 그런데 그보다 더 큰 사회가 자신의 결혼 문제에 개입한다면 사람들이 거부감을 가지게 되는 것은 당연하다.

지방자치단체가 주도하는 맞선 시스템이 별 성과를 내지 못하는 것도 여기에 원인이 있을지 모른다. 친척 아저씨가 이제 결혼해서 가정을 꾸밀 나이가 아니냐고 말하면 웬 간섭이냐 싶다가도, 돌이켜보면 나쁜 뜻으로 한 말이 아니겠기에 본인도 한번쯤 결혼을 생각해보게 된다. 하지만 구청 직원이 집에 찾아와서 결혼을 권한다면 개인의 자유와 존엄을 침해하는 행동이라는 생각이 들면서, 결혼하든 말든 무슨 상관이냐며 화를 내는 것과 같은 이치이다.

그러므로 그 '사회'가 국가 차원까지 확대된다면, 요사노 아키코처럼 직관적으로 두려움을 느끼고 반발하는 것이 당연하다. 여기에 히라쓰카의 "좋은 자녀를 낳아서 잘 키우자" 는 발언에서 드러나는 우생학적 발상이 더해진다면 두려움 은 더 커질 것이다.

오늘날 결혼이나 출산에 국가가 정책적으로 개입하려는 현실이 두렵고 끔찍해서 결혼이라는 말에 머리를 흔드는 사람도 적지 않을 것이다. 하지만 대개 이들은 그 공포의 원천을 분명하게 자각하지 못한다. 그러니 결혼에 대한 막연한 두려움에 사로잡혀 있으면서도 상대가 없어서 결혼을 못한다는 식으로 얼버무리고 넘어가버리게 된다.

한편 지나치게 예민한 감각의 안테나를 가진 사람들로서는 정부가 만혼화 대책이니 저출산 대책이니 운운하며 적극성을 보일수록 두려움과 거부감만 커져간다. 결국 결혼에서 멀어지는 현상만 생길 뿐이다.

결혼은 가장 개인적인 문제

하지만 국가 차원의 결혼 대책이 역효과만 부르는 것은 아니다. 그 이유는 두 가지이다.

하나는 '사회화된 결혼'이 국가로까지 확대되면 너무 광범위하고 막연해서 공포심이 옅어진다는 것이다. 지방자치단체가 결혼 문제에 간섭하면 거부감이 들어도 국가 전체의 헌법이나 법률에서 규정하면 선선히 받아들일 수도 있다.

극단적인 사례를 들어보자. "범죄를 저지르고 정신 감정 결과, 책임 능력이 없다고 판단되는 경우에는 재범의 우려가 사라질 때까지 입원 가료를 계속한다"라고 규정한 '심신상실자 등 의료 관찰법'이 2003년에 성립되었을 때, 여론은 위험인물을 방치하는 것을 막을 수 있는 법률이라고 환영했다. 하지만 법률 시행을 위해 전국에 해당자를 수용하는 시설을 건설하려는 단계에 이르자 건설 예정지로 지목된 지역의 주민들은 대부분 반대 운동을 벌였다. 자신의 이익과 구체적으로 얽히기 전까지는 국가 정책의 심각성을 깨닫지 못하기 때문이다.

하지만 두 가지 다 국가 정책이지만 결혼 대책과 범죄 대책을 같은 선상에서 논할 수는 없다. 지방자치단체를 위해 결혼해서 '좋은 자녀'를 낳아달라고 호소하면 터무니없는 소리라고 화를 내겠지만, 국가 발전을 위해서라도 저출산 문제는 반드시 해결해야 한다고 말하면 고개를 끄덕이게 된다.

물론 어느 쪽이 본질적인 영향력을 가지는지—요사노 아키코의 말을 빌리자면 어느 쪽이 더 무서운지—는 말할 필요도 없다. 그럼에도 불구하고 사람들은 국가나 정부 차원에 이르면 그 대책에 무관심해지고 둔감해지고, 사고가 정지되어 상상력을 잃어버리는 기이한 현상을 보인다.

또 하나는 애초에 사회나 국가를 위해 결혼해야 한다는 주장이 얼마나 무서운 발상인지를 느끼지 못하고 그것을 판단할 수 있는 감성 자체가 무뎌지는 것이다.

몇 년 전 혈액형에 근거한 성격 판단 프로그램이 TV에 방영되면서 큰 인기를 끌자, 일부에서 비판의 목소리가 일었다. 그 무렵 〈마이니치신문〉에 실린 기사의 일부이다.

혈액형으로 성격을 판단하는 TV 프로그램이 늘면서, 특정 혈액형을 '무신경한 성격의 소유자'라느니 '이중인격'이라고 몰아붙이는 내용이 많아서 물의를 빚고 있다.

NHK와 민간 방송사들이 공동 설립한 기관인 방송윤리·프로그램향상기구BPO에는 "아이가 혈액형 때문에 왕따를 당했다", "일방적인 판단이라서 불쾌하다"라는 내용의 시청자 항의가 빗발쳤다. 이 때문에 BPO의 청소년위원회는 프로그램 내용을 검토해 "과학적 근거가 있는 것처럼 방송에 내보내는 것은 문제가 있다"라고 논평하고, 민간 방송사들에 대해 프로그램을 제작하는 데 신중히 접근하도록 요청했다.

리쓰메이칸대학의 사토 다쓰야 조교수(사회심리학)에 따르면,

혈액형을 통한 성격 판단은 1980년대에 붐을 일으켰다고 한다. 학자들이 통계상의 차이는 근소하고 과학적으로는 검증된 바가 없다고 비판하며 진정에 나섰으나, 잡지 등에서 다시 다루면서 대중적인 상식처럼 정착해버렸다고 한다.

혈액형 프로그램의 차별과 편견을 고발하는 인터넷 사이트를 개설한 오카야마대학의 하세가와 요시노리 교수(심리학)는 "대부분의 프로그램이 신빙성 없는 자료를 내세워 혈액형별 성격 판정을 내리고 있다. 혈액형이라는 태생적인 요소로 타인을 판단하는 것은 부당하다"라고 비판하고 있다.

혈액형에 따른 성격 판단의 최대 문제점은 과학적으로 검증되지 않았다는 데 있다. 사실 우리 사회에는 점이나 사주처럼 과학적으로 검증되지 않아도 많은 사람들이 믿는 민간 풍습이 있다. 그러니 과학적인 근거가 있는 것처럼 과장하지만 않는다면 과민하게 반응할 필요가 없다는 생각도 든다.

하지만 그보다 더 큰 문제는 하세가와가 말하듯이 본인의 선택이 아닌, 타고난 요소를 가지고 타인을 판단하는 태도이다. 설사 혈액형에 근거한 성격 판단이 과학적으로 근거가 있다고 하자. 그렇다 할지라도 누구누구는 B형이니까 믿을 수 없는 없는 사람이라든지 AB형 여자는 사귀지 않는 것이 좋다는 식으로 단정 짓는 것은 곤란하다는 말이다.

만약 그렇게 되면 B형 아이가 태어날 수 있는 상대와 결혼을 꺼리는 사람까지 나올지 모른다(그런 말을 하는 사람이 실제로 있다는 이야기를 들은 적이 있다). 혈액형이 결혼 문제까지 좌우할 수 있다는 말이다. 이런 사고방식이야말로 우생사상이 가진 병폐라고 할 수 있다.

더구나 요즘은 '지역별 성격 판단'이라는 것까지 인기를 끌고 있다. 이것도 잡학 붐에 편성해 유행하고 있을 뿐이니 과민하게 받아들일 필요는 없겠지만, 그래도 홋카이도 사람은 성격이 담백하고 구마모토 여자는 정열적이라고 함부로 판단하는 책들이 검증도 거치지 않은 채 흥미 위주로 엮여져 출간되는 상황을 어떻게 이해해야 할까?

이것을 무조건적으로 믿어버리는 사람도 있을 것이다. 가령 자신은 답답하고 주변머리 없는 시마네현 출신이니까 2세를 위해서라도 성향이 비슷한 아오모리현 출신과는 결혼하지 않겠다는 사람이 나올 수도 있다는 말이다.

그런데도 혈액형이나 출신 지역을 근거로 성격을 판단하는 방송이나 책이 선풍적인 인기를 끄는 이유는 무엇일까? 개인의 성격이나 기질은 어느 정도 태생적인 요인에 따라 결정되며 그것을 어떤 사람을 판단하는 재료로 삼아도 된다고 생각하는 사람들이 많아졌기 때문이 아닐까 싶다. 적어도 그것이 아무리 과학적으로 올바른 기준이라 해도 태생적인 요소로 사람을 판단해선 안 된다는 하세가와 같은 생각을 가진 사람들이 줄고 있다는 사실만은 분명하다. 결국 이런 사람들이 '좋은 자녀'를 얻을 수 없는 배우자와는 결혼하지 말자는 발상으로까지 흐르지 않을 거라고 누가 장담할 수 있을까?

국가가 '좋은 자녀'를 낳으라고 목청을 높이지 않더라도 국민이 솔선해서 그 방향으로 착착 움직여주는 것이다. 사실이 그렇다면 정치가 입장에서는 더없이 고마운 현상이리라.

✿ 좋은 DNA에 대한 호감을 부추기는 사회

메이지시대에 시작된 국가적인 우생사상의 주창은 다이쇼시대(1912~1926년)부터 쇼와시대(1926~1989년) 초기에 정점을 맞았다고 가토 슈이치는 말한다. 그리고 이 계몽운동은 쇼와시대에 접어들어 더욱 교묘해지고 연애결혼을 적극 장려함으로써, 사람들이 연애 감정에 따라 자발적으로 우생학적인 결혼을 선택했다고 믿도록 유도하는 작업이 추진되었다는 것이다.

가토는 "그런 (남녀를 강제로 짝지어주는) 정책은 결코 현실에 뿌리내릴 수가 없다. 권력에 의한 노골적인 강제력은 가장 쉽게 저항을 부르고 가장 쉽게 실패에 이르며, 그런 까닭에 최후에 동원할 수 있는 수단이다"라고 주장한다.

연애결혼이 그려내는 '사랑과 행복이 가득한 가정'의 이미지에 반한 당시 사람들은 결혼을 자발적인 선택이라고 믿었고, 행복한 가정을 이루려면 우생학적으로 우수한 배우자를 고르라는 국가의 주장을 충실히 따랐던 것이다. 그 뒤 일본은 2차 대전에 돌입했고, 패전을 겪고 나서야 국가를 위해서라도 '좋은 자녀'를 낳아야 한다는 메시지는 서서히 자취를 감추게 되었다.

그런데 놀랍게도 우생학이 전후에 새 단장을 해서 다시 등장했다고 가토는 말한다. 물론 1970년대 이후에 불어 닥친 여성의 생식의 자유와 장애인 인권을 주장하는 사회운동에 밀려 우생학적 주장은 서서히 사라졌지만, 결혼과 출산이 사회와 국가를 위한 것이고, 그러려면 '좋은 자녀'를 낳아야 한다는 발상이 완전히 사라진 것은 아니라고 가토는 경고한다. 그리고 아이를 낳든 말든 개인의 자유라는 사고방식을 억누르려는 정치가들의 발언에서 '국가정책으로서의 결혼과 출산' 사상의 부활을 감지할 수 있다고 지적한다.

어쩌면 사태는 가토의 예측을 능가하는 속도로 진행되고

있는지도 모른다. 앞서 이야기했듯이 일부 정치가들이 국가를 위해 '좋은 자녀'를 낳으라는 압력을 넣고 있을 뿐만 아니라, 국민들 사이에서도 자발적으로 '우생 운동' 비슷한 사태가 벌어지고 있기 때문이다.

2차대전이 끝나고 우생학이 '새로운 과학'이란 모양새로 부활한 것과 마찬가지로, 이번의 자발적인 국민적 우생운동도 '과학'과 연대하는 형태로 진행되고 있다. 텔레비전에 방송되는 혈액형 관련 프로그램들도 대부분 뇌파나 뇌의 단층 촬영 사진 등을 동원해 혈액형을 통한 성격 판단이 최신 과학으로 입증된 것처럼 떠들어댄다.

탤런트 무카이 아키가 남편을 만난 순간에 그런 생각을 했다고 발언한 이래 "저 멋진 남자의 DNA를 남기고 싶다"는 말은 더 이상 금기가 아니다. 사람들은 이 'DNA'라는 단어에서 차별주의적인 색채가 아닌 과학적인 정당성을 느낀다.

"저런 남자와 결혼해서 이상한 애라도 태어나면 어쩌느냐"고 하면 시대착오적인 발언 같이 느껴지지만, "저런 DNA를 가진 남자와 결혼하면 태어날 아이가 걱정"이라고 하면 과학적인 발언처럼 들린다. DNA니 게놈이니 하는 용어만 주워섬기면 우생사상을 가진 차별주의자라는 죄의식에서 벗어날 수가 있는 것이다.

이런 상황이라면 국가가 시류에 편승해 우수한 생식을 주도적으로 추진하려 해도, 사람들은 사태의 심각성을 직관적으로 느끼지 못할지도 모른다. 위험을 감지하는 직관의 안테나가 무뎌졌다는 말은 그런 뜻이다.

국가가 나서서 결혼과 출산까지 보살펴준다니 마음이 놓인다는 사람이 있을지도 모르겠다. 하지만 정말 그래도 괜찮은 걸까? 과학의 힘을 빌려서라도 가능한 한 좋은 자녀를 얻으려는 것이 뭐가 나쁘냐고 반박할지도 모른다. 하지만 개인을 위해 좋은 아이를 낳으려는 것처럼 보이는 그런 사고방식은 실은 메이지시대 이래 면면이 이어 내려온, 국가와 사회를 위해 좋은 아이를 낳자는 국가정책에 편승한, 하나의 이데올로기일 뿐이다.

직관력을 지닌 여성이라면 사회 분위기에 휩쓸려 순순히 결혼하고 출산하는 것에 대해 상당한 거부감을 가질 것이다. 만약 운 좋게 마음 맞는 남자를 만나서 결혼하더라도 자신의 결혼이 결국 국가를 위한 것일 수 있다는 경각심을 품고, 자신도 모르는 사이에 국가정책에 휘둘리고 있는 건 아닌지 고민해야 한다. 정치가들이 만면에 웃음을 띠고 자신의 결혼을 바라보고 있는 듯한 굴욕감 때문에 결혼을 주저하는 사람도 있을 수 있다. 적어도 나 자신은 그렇다.

직관력이 무뎌진 여성은 결혼하는 편이 이득이고 행복하다는 정부의 말만 믿고 사회 분위기에 휩쓸릴 수도 있다. 하지만 자신도 모르게 국가정책에 속아 넘어간 사람들이 결혼한 후에 진정한 의미의 행복을 얻을 수 있을까? 이렇게 되니 결국 결혼은 할 수도 없고 안 할 수도 없는 딜레마로 변해 버리는 것이다.

🌸 군중심리 앞에 무너지는 개인들

국가가 여성을 생식 장치로 이용해 존엄성을 짓밟는다고 말하면 공상과학소설에나 나올 법한 이야기라고 코웃음을 칠지도 모르겠다. 그런 사람들은 다음과 같은 지적을 어떻게 생각할까?

요시다 쓰카사는 〈아에라〉에 기고한 글에서 이렇게 말한다.

"요즘 젊은 아가씨들은 하나같이 속도 없고 자신감도 없어 보인다. 사귀는 남자 앞에서도 대등한 주장을 펴지 못하고 하자는 대로 끌려 다닌다. 그러면서도 남자가 그렇게 유치하고 이기적인 모습을 내보이는 것은 자신을 특별하게 여겨서라고 착각하며, 자신의 위치를 확보하려고 든다. 겉으로만 본다면 전통적인 세계, 즉 '순종적인 여자의 시대' 로 퇴행하고 있는 것이다."

　앞서 "출산율 저하와 출산 기피를 조장하는 제도를 채택하는 데 신중한 고려가 필요"하고 "개인주의적인 사고방식에 치우친 교육이나 제도를 바로잡아야 한다"는 소자화문제조사위원회 중간보고서 내용을 소개했는데, 이미 젊은 여성들은 '전통적인 세계' 로 자진해서 돌아가고 있는 것이다.

　젊은 여성들이 누가 시키지 않아도 순종적인 여자로 행세하고, 유머 감각이 풍부한 커리어우먼들이 스스로를 '패배한 개' 라고 부르며 자조에 빠져 있는 동안에 여성들의 지위와 인식은 뒷걸음치고 있다.

　특히 개인의 가치관이나 존엄성보다 '가족' 공동체를 우선하고 전통을 들먹이며 여성에게 인내를 요구하는 주장들이 '자녀와 노부모를 위해서' 라는 그럴듯한 명분 아래 전개되고 있는 실정이다. 개인의 자유만 주장하지 말고 가족이 힘을 합해 노인과 어린이를 보호해야 한다는 발언 앞에서 개인의 자유가 더 소중하다고 말하기란 힘들 것이다.

　여담 하나를 소개하겠다.

　요네나가 구니오는 한때 〈주간문춘週刊文春〉에 '엉망진창 인생 상담' 코너를 연재하며 독자들에게 개인의 행복이 최고의 가치라고 역설했다. 한번은 한 농촌 젊은이가 도시에 나가고 싶은 간절한 소망과 노부모를 버려둘 수 없다는 죄책감 때문에 고민하는 사연을 보내왔다. 요네나가는 부모를 생각하는 마음은 이해하지만, 자신의 행복을 찾아서 집을 나가라는 대답의 글을 실었다. 그랬던 사람이 일본 왕이 참가한 가든파티에서 일본 전역의 학교에 일장기를 게양하고 국가를 제창하게 만드는 것이 자신의 소임이라는 발언을 했다. 요네나가가 도대체 언제부터, 어떤 이유로 그 극단적인 개인주의를 버린 것인지 흥미롭기 짝이 없다.

실제로 '화목한 가정'이라는 이미지로 포장한 채 추진되는 공동체 우선주의에서는, 그 공동체가 '가정'에서 '사회'나 '국가'로 쉽게 대치될 수 있다. '개인의 자유만 내세우지 말고 가족을 위해 인내하라'는 메시지가 갑자기 '가정'에서 '국가'로 바뀌더라도 아무도 깨닫지 못하고 묵묵히 따른다는 말이다.

🌸 국가가 결혼을 강요하듯 열심히, 가정을 먹여 살리는가

본래는 지극히 개인적인 문제, 기껏해야 가정이나 직장에

국한된 문제여야 할 연애나 결혼, 출산 문제가 역사적으로 보더라도 국가의 방침과 강하게 결부되면서 어떤 때는 노골적으로 어떤 때는 은밀하게 통제되어 왔다.

국민들의 자유 의식이 높았던 1970년대 초에서 1990년대 초까지만 해도 결혼과 출산에 대해 국가가 적극적으로 개입하기는 어려웠다. 하지만 최근 들어 정부는 결혼과 출산을 장려하는 강력하고 노골적인 메시지를 내놓고 있다.

소자화문제대책 위원회는 "결혼해서 가정을 꾸미고 자녀를 낳아 사랑으로 기른다는 가치관을 강제라고 생각하지 않고 자연스럽게 향유할 수 있는 사회 분위기를 만들자"라고 말한다. 하지만 이것은 국가가 나서서 강제할 수는 없는 노릇이니 사회 구성원들이 그런 마음을 갖도록 분위기를 조성하는 데서 출발해야 한다는 의도로 읽힌다.

국민들이 이미지에 혹해서 자신도 모르게 결혼하고 출산하겠다는 마음이 들도록 만들겠다는 계획은 자칫 잘못하면 국가 차원의 마인드컨트롤이 될 수도 있다. 그리고 그것이 강제보다 더 위험하다는 사실은 두말할 필요도 없다.

그런데 심각한 문제는 따로 있다. 정부가 만혼화 대책과 저출산 대책을 추진하며 전통적 성역할 분담에 근거한 우생학적으로 바람직한 가정을 만들려는 가운데, 이미 젊은이들이 순순히 그 움직임에 따르기 시작한 것이다.

오늘날 젊은 여성들이 순종적인 여자로 행세하고 순순히 결혼을 선택하는 것은 국가의 대책이 주효해서가 아니다. 자아실현의 꿈을 상실하고 만성적인 정신적 공허감에 빠진 사람들이 별것 아닌 유혹에도 넘어가듯이 젊은이들이 보수적인 여성관, 결혼관을 입에 담기 시작한 것이다.

그런 남녀가 만드는 가정이란 도대체 어떤 것일까? 과연 그런 가정들이 국가가 기대하는 책임을 다하고 어려움이 닥쳤을 때는 자기희생과 인내의 정신으로 '국가 공동체'를 위해 봉사할 수 있을까?

내 생각은 다르다. 이대로 간다면 아무도 이의를 제기하지 않는 상황을 이용해 국가는 더욱더 과격한 정책을 실행할 것이고, 그러면 결혼율과 출산율도 일시적으로 증가할 수 있다. 그러나 정책이 먹혀들었다고 기뻐하는 것도 잠깐이고, 결국은 국가의 예상과는 전혀 다른, 자립할 능력이 없는 가정이 폭발적으로 출현하는 사태를 맞을 수밖에 없다. 그렇게 된다면 국가가 가정을 먹여 살릴 것인가?

부부의 갈등을 그린 《마당의 벚꽃, 이웃집 개》를 쓴 작가 가쿠타 미츠요

(그는 1966년생이다—지은이)는 어느 에세이에서 이렇게 적고 있다.

"얼마 전에 인터뷰를 하러 찾아 온 기자에게서

느닷없이 결혼을 못한 이유가 무엇이냐는 질문을 받고 몹시 당황했다.

질문의 무례함에 당황한 것이 아니라(약간은 당황했지만), 나와 비슷한 세대로

보이는 기자가 천진난만하게도 결혼 숭배자라는 사실에 당황한 것이다.

개인적으로 결혼을 찬양할 수는 있다. 하지만 모든 사람이 결혼을 원하며,

결혼의 꿈을 이루는 것이 마치 여성의 의무인 양 여기는

그 확신의 근거가 무엇인지 정말로 궁금하다."

가쿠타의 말에 따르면 고도 성장기와 거품 경제 시기를 겪은 세대는

"노력하면 할수록 더욱 풍족한 생활을 누릴 수 있다"라고 생각하며,

그 풍족한 생활은 "행복 또는 행복과 아주 비슷한 것"이라고 믿는다고 한다.

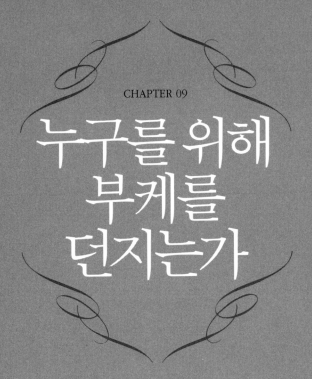

CHAPTER 09

누구를 위해
부케를
던지는가

결혼을 성공과 동일시하는 유아적인 심리

부부의 갈등을 그린 《마당의 벚꽃, 이웃집 개》를 쓴 작가 가쿠타 미츠요(그는 1966년생이다—지은이)는 어느 에세이에서 이렇게 적고 있다.

"얼마 전에 인터뷰를 하런 찾아 온 기자에게서 느닷없이 결혼을 못한 이유가 무엇이냐는 질문을 받고 몹시 당황했다. 질문의 무례함에 당황한 것이 아니라(약간은 당황했지만), 나와 비슷한 세대로 보이는 기자가 천진난만하게도 결혼 숭배자라는 사실에 당황한 것이다. 개인적으로 결혼을 찬양할 수는 있다. 하지만 모든 사람이 결혼을 원하며, 결혼의 꿈을 이루는 것이 마치 여성의 의무인 양 여기는 그 확신의 근거가 무엇인지 정말로 궁금하다."

가쿠타의 말에 따르면 고도 성장기와 거품 경제 시기를 겪은 세대는 "노력하면 할수록 더욱 풍족한 생활을 누릴 수 있다"라고 생각하며, 그 풍족한 생활은 "행복 또는 행복과 아주 비슷한 것"이라고 믿는다고 한다.

그러나 '풍족한 생활'이 반드시 행복한 삶은 아닐 테고, 사람마다 '행복 또는 행복과 아주 비슷한 것'에 대한 가치관이 다르니 공통된 견해를 이끌어낼 수는 없다. 그래서 '결혼=행복=노력해서 얻어야 할 귀한 가치'라고 생각하는 사람과 가쿠타처럼 결혼에 흥미를 느끼지 못하는 사람 사이에 큰 차이가 생기는 것이다.

《마당의 벚꽃, 이웃집 개》에 등장하는 부부는 막연히 언젠가는 결혼해야할 것 같아서 결혼한 사람들이다. 그러나 행복의 내용에 대한 합의 없이 결혼한 까닭에 도중에 '결혼의 의미'를 둘러싸고 갈등을 겪는다. 그렇지만 이들 부부는 결혼의 의미를 찾아내기도 전에 이혼하는 것만은 원치 않았다.

어쩌면 그녀는 서로 같은 방향을 보고 있을 거라고 믿고 덜컥 결혼부터 해버린 주인공 부부의 낙천성이나, 왜 결혼을 못했느냐고 질문하는 기자의 무신경함에 대해 일종의 부러움과 애정 비슷한 감정을 가지고 있는 것은 아닐까? 어쩌면 그렇게 단순하게 살지 못하고 소설가라는 외롭고 고단한 삶을 선택한 자신의 처지에 한숨을 쉬고 있을지도 모른다.

사람들은 왜 나오키 상까지 받은 유명 작가인 가쿠타에게 왜 결혼을 못했는지를 묻는 걸까? 그런 질문을 하는 사람에게 당신은 왜 나오키 상을 못 탔냐고 받아치면 뭐라고 답할까?

사실 사회적 성공과 영예를 얻었다고 해서 자기 존재에 대한 불안이 사라지는 것은 아니다. 나오키 상을 받은 또 다른 작가인 야마모토 후미오는 수상 이후에 부동의 사회적 지위를 확보하고도 외로움을 견디지 못해 연하의 편집자와 결혼했다는 이야기를 털어놓기도 했다.

가쿠타가 앞서 소개한 에세이에서 말하듯이, 본래 결혼은 자전거 전국여행이나 번지점프, 스쿠버다이빙 자격증과 마찬가지로 개인에 따른 흥미와 선택의 범주에 속하는 문제이다. 하지만 사회는 그렇게 받아들이지 않는다. 노력과 재능이 결실을 맺어 저명한 문학상을 받든, 자신의 회사가 증권시장에 상장을 하든 간에 여자라는 이유로 "축하합니다. 그런데 결혼은 왜 못하셨어요?"라는 질문을 비껴갈 수가 없는 것이다. 아직도 우리 사회에서는 결혼이 개인의 선택이나 타이밍의 문제가 아니라 그 어떤 영예와도 바꿀 수 없는 여성의 가치를 증명하는 유일한 수단이 되고 있다.

경제동우회의 입회 허가를 받은 최초의 여성 경영인인 오쿠타니 레이코는 2005년에 쉰네 살의 나이로 결혼했다. 대학교수인 남편은 오쿠타니를 "여성스럽고 소녀 같은 면이 있다"고 평가했다. 사회에서 열심히 노력해서 성공한 여성이라도 결국 결혼에 있어서 요구되는 덕목은 여성스러움과 연약함, 미숙함인 것이다. 그리고 이런 현실에서 여성들은 무엇을 위해 노력하고 성공해야 하는지 갈피를 잡을 수 없게 된다.

사회에서 자아실현을 위해 노력하면서도 소녀다움을 잃지 않고 간직할 수 있다면 더없이 고마운 일이지만, 대부분의 사람들은 그렇게 요령 좋게 살지 못한다. 결국 사회적인 성공을 이루기 위한 포부도 능력도 없으니 여성스러움이나 갈고 닦아야겠다고 일찌감치 포기하는 여성들이 늘어날 수밖에 없다.

그리고 성실하게 자신의 길을 걸어왔는데, 느닷없이 왜 결혼을 못했느냐는 질문을 받았을 때 가쿠타처럼 기자의 천진난만함에 당황하는 것으로 끝난다면 좋겠지만, 자신이 무가치한 사람처럼 느껴져 상처받는 사람도 많은 것이다.

❋ 싱글이라는 죄의식에서 자유로워지기까지

이런 세상 분위기에 편승해 국가가 주도하는 결혼 대책과 저출산 대책이 힘을 얻고 있다는 이야기는 앞에서도 했다.

작가인 고다 마인은 〈아사히신문〉에 기고한 에세이 '자녀를 기르고 싶은 나라'에서 자신의 체험을 소개하며 저출산 문제에 관해 발언했다.

20년쯤 전에 외국계 증권회사에서 딜러로 일하던 그녀는 영국인 친구 부부에게서 아이가 생기지 않으면 입양하는 게 어떠냐는 권유를 받았다. 그 영국인 부부는 일본인 여자아이를 입양해 키우고 있었다. 고다는 남편과 의논하고 수없이 고민한 끝에 결국 입양을 포기했다.

현재 금융을 테마로 다이내믹한 사회 모습을 그려내는 소설가답게 그녀는 이렇게 말한다.

"지금 와서 생각하면 이 부부처럼 여성이 일을 계속할 수 있도록 지원하는 사회적 인프라가 당시 일본에도 완비되어 있었다면 내 선택은 어땠을까 싶다."

미국에서 자녀를 기르면서 일하는 이들 영국인 부부는 가정부와 유모를 고용할 수 있고 아이들을 키울 만한 널찍한 주택도 얻을 수 있었다. 그러니 그들이 출산이든 입양이든 편하게 선택할 수 있었을 것이라는 이야기이다.

그녀는 저출산 문제를 국가적 위기로 받아들이고 적극적인 대책을 강구한다면 "자녀를 낳아 기르고 싶은 나라라는 확실한 매력과 인센티브가 필요하다"고 제언한다. 이 발언을 통해 추측해보면, 만약 양육 인프라가 잘 갖추어진 나라였다면 그녀는 입양을 권유받았을 때 순순히 따랐을 수도 있다.

나는 이 제안에 전적으로는 찬성하지는 않는다. 물론 여성이 마음 놓고 일할 수 있고 아이를 기르기 좋은 사회적 환경과 인프라 조성은 시급하다. 하지만 그것은 사회와 국가가 해야 할 기본적인 의무이지 저출산 문제의 대책이 될 수는 없다는 것이 내 생각이다.

그런데 그녀의 글에서 다음 대목은 좀 생각해볼 필요가 있다.

"저출산 문제 이야기만 나오면 아이를 길러본 경험이 없는 나로서는 죄의식부터 느껴진다. 그리고 그때마다 이 문제가 정신적으로나 육체적으로나 여성에게만 짐으로 작용한다면 개선은 바랄 수 없다는 생각을 한다."

그녀에게는 다양한 사회 문제에 대한 발언 요청이 들어올 테고, 당연히 저출산 문제가 이슈가 될 때도 있을 것이다. 그때마다 그녀는 '일말의 죄의식'을 느꼈다는 것이다. 더구나 에세이에서 스스로 밝히듯이 그녀에게 자녀가 없는 것은 일부러 아이를 낳지 않은 것이 아니라 신체적 이유 때문이다.

지금까지 여러 번 소개한 《마귀할멈이 되어가는 여자들》에는 원하긴 하지만 신체적인 이유로 자녀를 가질 수 없는 사람에 관한 언급이 몇 줄 나온다.

"원해도 아이를 낳지 못하는 여자도 있는데 발언이 지나치다고 반박할 수도 있겠지만, 아이를 낳을 수 없다는 것은 낳으려고 노력해본 다음의 이야기이다. 생식을 중심으로 인생을 생각했을 때 등장하는 문제이지, 애초에 그런 생각도 없이 여성도 일만 하면 된다는 식의 주장은 곤란하다. 그런 메시지를 곧이곧대로 따르다가는 눈 깜짝할 사이에 인생에서 여성으로서의 시간은 끝나버린다. 그래도 괜찮겠냐는 말이다."

《마귀할멈이 되어가는 여자들》의 저자는 임신하려고 노력했음에도 불구하고 실패한 여성은 애초부터 일만 한 여성과는 다르다는 이야기를 하고 싶은 모양이다. 하지만 여성으로서의 시간이 끝나버린다는 매정한 발언에 상처받는 사람은 오히려 불임 여성이 아닐까? 그리고 사정이 여의치 않아서 결혼도 출산도 경험하지 못한 여성들 중에도 자기는 일만 하면 된다고 생각한 것은 아니라며 속상해하는 사람이 있을 것이다.

어쨌든 문제는 다른 데 있다. 일을 하면서도 불임이어서 자녀를 갖지 못한 여성, 일 때문은 아니지만 어쩌다 보니 아이를 낳지 않은 여성, 결혼하지 않은 여성, 결혼에 대한 의사나 관심이 없어서 결혼과 출산을 선택하지 않은 여성……. 결혼하지 않거나 출산하지 않은 이유가 백이면 백 다 다른 데도 불구하고 그들이 한결같이 일말의 죄의식을 느껴야 하고 느낄 수밖에 없는 사회, 머지않아 여성으로서의 시간이 끝나버린다고 으름장을 놓는 사회. 그것이야말로 오히려 가장 큰 문제가 아닐까?

열등감이나 죄의식은 사람들에게 자유롭게 자신의 뜻을 펴지 못하도록 방해한다. 그것은 결혼과 출산 문제에서도 마찬가지일 것이다. 최근에는 국가까지 나서서 죄의식을 조장하려고 한다. 그것이 바로 만혼화 대책이고 저출산 대책이다.

독신을 고집한 것은 아니지만 스스로를 책임지기 위해 열심히 일하며 살다가 문득 30대를 맞은 여성들은 어느 순간 자신이 문제 사례로서 국가 정책의 대상이 되어버린 것을 깨닫게 된다.

❋ 겉과 속이 다른 속셈들

현재 일본 정부는 저출산 문제에 관해 다섯 가지 대책을 내놓고 있다. 직장 내 근무 방식의 재고, 지역적인 육아 지원, 차세대를 지원하는 사회보장제도, 자녀의 사회성 향상과 자립 촉진, 일과 육아의 양립 지원이 그것이다.

구체적으로는 보육 서비스의 확충과 남성의 육아휴직 등이 거론되고 있다. 자녀가 있든 없든 이러한 대책에 반대하는 사람은 없을 것이다.

그런데 〈소자화사회백서〉에서는 다른 견해를 내비치고 있다.

"결혼해서 가정을 꾸리고 자녀를 양육하는 일을 적극적으로 하지 않으려는 사고방식이 확산되고 있다. 사회 일각에서는 사람들이 자유와 편안함에 집착한 나머지 가정을 지키고 세대를 이어가는 일을 귀하게 여기는 의식이 점차 사라져가는 것을 지적하고 있다."

육아를 지원하는 인프라 확충이 필요하다고 말하면서도, 한편으로는 편하게 살고 싶어서 결혼과 출산을 기피하는 세태가 문제라며 젊은이들을 은근히 비판하는 것이다. 게다가 '지적하고 있다'며 발언의 책임 소재에 대해 흐지부지 넘어가고 있다.

입으로는 환경 정비가 먼저라고 떠들면서 마음속으로는 젊은이들이 편하게만 살려고 하는 심리 때문에 이런 사태가 벌어진 것이라고 생각하는, 국가의 이중적인 태도가 결국은 젊은이들을 불안에 빠뜨리고, 쓸데없는 죄의식을 품게 만든다.

국가는 저출산 대책과 만혼화 대책에서 완전히 손을 떼야 한다. 물론 보육 서비스나 육아 지원 사업은 조속히 추진해야 하지만, 그것은 저출산 대책으로서가 아니라 사회복지 향상이라는 기본적인 관점에서 이루어져야 한다. 저출산 문제가 불거지지 않았더라도 보육 서비스의 정비는 당연히 이루어져야 하는 것이고, 그것과 저출산 문제는 아무런 관계가 없다.

그리고 자신의 소신에 따라서든 사정이 있어서든 간에 독신자들과 자녀가 없는 사람들에게, 국가가 앞장서거나 사회와 동조해 비난 섞인 발언을 해 죄의식과 열등감을 불러일으키는 일은 당장 그만두어야 한다. 이런 식의 협박은 정부가 바라는 결혼율과 출산율을 상승시키는 데도 백해무익할 것이다.

무엇보다도 근로와 육아를 지원하는 환경과 인프라부터 정비하는 일이 시급하다. 그리고 사람들이 결혼과 출산에 대해 죄의식이나 열등감을 갖지 않도록 노력해야 한다.

그런데 사람들이 공공연한 협박과 죄의식에서 해방되면 정말로 결혼하려고 할까? 그것은 아무도 모른다. 하지만 결혼의 본질로 돌아가서 그것을 개인적인 문제로서 생각하는 계기는 될 수 있다.

결혼의 본질에 대해서는 종교를 가진 사람과 갖지 않은 사람의 정의가 다를 것이다. 사카이 준코는 《소자少子》에서 "이 시대에 출산을 결심하려면 종교를 가지는 수밖에 없다"고 대담한 제언을 하는데, 이것은 진리를 담고 있다.

구약성서 창세기 2장 24절에 "이리하여 남자는 어버이를 떠나 아내와 어울려 한 몸이 되게 되었다"라는 구절이 나온다. 기독교를 믿는 사람이라면 하느님이 인간을 만들 때부터 정해진 결혼 제도에 대해 의문을 품어서는 안 된다. 물론 아담과 이브가 살던 시절이 아니니 하느님의 계율대로만 살 수는 없지만, 적어도 결혼 자체에 대해 의심을 품지는 않을 것이다.

그렇다면 기독교를 믿지 않는 사람들에게 결혼의 본질은 무엇일까? 한마디로 말한다면 자립과 사랑이라고 할 수 있지 않을까?

❀ 결혼 딜레마의 유일한 특효약, 사회적 자립심

작가인 야나기다 구니오는 잡지에 연재하는 칼럼에서 다운증후군 아들을 둔 한 아버지를 소개한다.

그 남성에게 아들이 태어난 것은 미국에서 파견 근무를 할 때였다. 그는 아들이 다운증후군이라는 사실을 알고 직장을 그만두려고 했으나 심리치료사의 말을 듣고 단념했다. 그리고 아버지가 나서야 할 때가 반드시 올 테니 그때까지 기다리라는 심리치료사의 말을 믿고 일본으로 돌아와서 아들을 돌보면서 회사를 다녔다.

아들이 중학교에 다닐 무렵, 장애인고용촉진법에 따라 자신이 다니는 회사에 장애인을 많이 고용하는 특수 자회사를 설립할 수 있다는 사실을 알게 되었다. 그는 자신이 나서야 할 때가 왔다고 생각했고, 열심히 리서치 작업을 해서 설립 취지서를 작성했다. 그리고 사장의 전폭적인 동의를 얻어 마침내 꿈을 실현했다. 현재 그의 아들은 자격증을 따서 다른 회사에서 일하고 있지만, 아버지가 만든 특수 자회사에서는 지금도 많은 장애인들이 열심히 일하고 있다고 한다.

야나기다가 취재한 이 아버지는 장애인들이 일을 통해 얻는 가장 큰 소득은 '사회적 자립심'이라고 말한다. 자포자기한 채 살아가는 젊은이들도 일할 수 있는 장을 마련해주면 사람이 달라진다는 것이다. 그리고 이런 말을 덧붙였다.

"자립심을 얻을 수 있는 가장 큰 계기는 결혼입니다. 이 작업장에서도 청각장애인 커플이 한 쌍 탄생했어요."

즉, 이 아버지는 인간답게 사는 데 있어서 가장 중요한 것은 '사회적 자립심'이며 그것을 얻을 수 있는 방법은 일과 결혼이라는 말을 하고 싶었던 것이다.

야나기다의 칼럼이 실린 잡지에는 에리노 미야의 〈우리가 결혼도 취직도 하지 않는 이유〉라는 재미있는 르포도 실려 있다. 이 르포에서는 학력이든 능력이든 외모든 뭐 하나 빠지지 않지만 취직도 결혼도 하지 않는 꽤나 특별한 여성들을 소개한다. 그녀들은 원고 마감 때문에 스트레스를 받는 에리노에게 일에 쫓겨 살다보면 자신을 잃어버릴 수 있으니 더 좋은 글을 쓰기 위해서라도 1년쯤 해외로 나가 재충전의 시간을 가지라고 충고하는가 하면, 동창생 친구를 생활에 찌든 아줌마라고 경멸하기도 한다.

에리노는 "결혼과 취직을 하지 않는 여자란 '결혼과 취직을 하지 않아도 되는 여자'라는 사실을 새삼 깨달았다"고 적고 있다. 그런데 그 여성들은 단순히 '부잣집 철부지 아가씨'일 뿐 아니라 "좌절을 잘 이겨내지 못하고, 사회에 대한 경계심이 강하고, 타인을 헐뜯지 않으면 자신의 위상을 확인하지 못하는" 나약한 여성이라고 에리노는 지적한다.

여기에 소개될 만큼 여유 있는 형편은 아니더라도 결혼도 취직도 하지 않는 남녀는 많을 것이다. 여성의 미혼율이 증가 추세를 보이는 것은 단순한 우연이 아닐 것이다.

앞서 야나기다의 칼럼에서 소개된 아버지의 말을 빌리자면, 결국 취직도 결혼도 하지 않는 사람은 '사회적 자립심'의 두 가지 조건 가운데 어느 하나도 채우지 못한 사람이다.

이 사회적 자립심은 부자 부모를 둔 덕에 먹고살 걱정 없고 본인도 건강할 때는 별로 중요하지 않다. 오히려 장애와 같은 악조건 아래서 그 중요성을 인식할 수 있을 것이다.

물론 인생을 살면서 일과 결혼에 바탕을 둔 사회적 자립심만 필요한 것은 아니다. 또 취직과 결혼이 곧 사회적 자립을 의미하지도 않는다. 즉, 사회적 자립심이란 스스로를 책임지려는 심리이며 만족감과 성취감에 가깝다고 할 수 있다.

그러나 사회적 자립심을 대신할 만한 삶의 근거나 의미를 발견하기는 대단히 어렵다. 그리고 일과 결혼이 아닌 것에서 자립심을 얻는다는 것도 쉽지 않은 일이다. 자동차 수리의 달인이 되거나 게임의 최강자가 되거나 인터넷에서 상담 코너를 운영하는 등 취미나 특기, 혹은 현실이 아닌 가상 세계에서 자신감과 자립심을 경험할 수도 있다. 돈이 되고 말고는 상관이 없다.

다만 그것들은 일과 결혼만큼 사람들에게 인정받을 수 있는 것이 아니다. 게다가 돈벌이가 되지 않는 일을 자신감으로 바꿔가려면 특수한 마음의 회로가 필요하기 때문에 자립심으로 이어지기는 힘들다. 현재로서는 일과 결혼에서 자립심을 얻는 것이 가장 빠른 방법이다.

그리고 일과 결혼은 둘 다 성취해야 하는 것은 아니며, 그 성취도는 사람에 따라 다르다. 일이 10이고 결혼이 0일 수도 있고 그 반대일 수도 있다. 인생의 시기에 따라서도 그 비율은 변할 수 있다. 어느 쪽이 더 가치 있느냐의 문제가 아니라는 말이다.

어쩌다 보니 일이 10이고 결혼이 0인 여성을, 일이 0이고 결혼이 10인 사람들이나 국가가 나서서 비난하거나 추궁한다는 것은 완전히 난센스이다. 한때 유행한 전업주부를 맹비난하던 책들 역시 말이 안 되기는 마찬가지다.

다만 자신의 인생에 참견하지 말라고 주장하기 위해서는 적어도 현재 자신의 삶이 자발적인 선택의 결과라고 긍정할 수 있어야 한다. 어쩌다 보니 이러저러하게 살고 있다고 해도 말이다. 그리고 현재의 삶을 긍정할 수 없고, 자신의 의지와 상관없이 일 10, 결혼 0의 생활로 내몰렸을 뿐이라고 생각한다면 한시라도 빨리 상황을 바꾸기 위한 행동에 나서야 한다.

또한 여성의 경우에는 출산 문제가 있다. 아이를 낳으려

해도 이미 늦어버리는 그런 잔혹한 경우를 당할 수도 있다. 그렇다고 해서 나중에 후회하지 않으려면 얼른 아이를 낳으라고 겁주는 것은 옳지 않다. 오히려 사회는 폐경으로 인해 출산 시기를 놓쳐버린 여성들의 노고를 위로하고 충분히 휴식할 수 있도록 돕거나 입양을 지원하는 시스템을 갖추는 등 대안을 준비해야 한다.

✳️ 주위를 둘러보지 말고
결혼하고 싶은 사람과 마주보라

결혼을 통해 자립의식을 얻는 것도 중요하지만, 결혼의 본질은 역시 사랑이다. 사랑하는 남성(여성)을 만나서 평생 서로 의지하며 살아가는 것에 거부반응을 보이는 사람은 별로 없을 것이다. 1장과 2장에서 살펴보았듯이 미혼 남녀들은 대부분 결혼 자체가 싫어서가 아니라 결혼하고 싶은 사람을 만나지 못해서 결혼하지 못한 것이다.

그런 사람들에게 결혼하면 이런 멋진 생활을 누릴 수 있다거나, 출산하지 않으면 마귀할멈이 된다면서 아무리 당근과 채찍을 동원해도 소용없다. 상대가 없어서 결혼하지 못하고 있으니 말이다. 말은 타봐야 진가를 알고 사람은 사귀어봐야

됨됨이를 안다고 했다. 느낌이 통하지 않는 상대와 평생을 함께하려는 사람은 별로 없을 것이다.

그러나 '사랑'에 가치를 둔다면 뜻밖에 결혼 문제는 간단해진다. 이성에게 호감을 느끼고 그 사람에 대해 자꾸 궁금해진다면 '사랑'으로 발전할 가능성이 크다. 그리고 살아가면서 그런 사랑을 만날 기회가 전혀 없는 것도 아니다.

사람들은 보통 상대에 대해 먼저 호감을 갖고 그 호감이 궁금함으로 바뀌는 과정을 겪는다. 궁금하기 때문에 이야기를 나누고 그 사람에 대해 정보를 모으게 되고 그 과정에서 그 사람과 사귀면 앞으로 어떻게 될지 앞날을 그려보게 되는 것이다. 결혼하면 두 사람이 벌어들일 수입은 얼마나 되는지, 현재의 생활수준을 유지하거나 더 나은 생활을 할 수 있을지 따져보고, 또 사귀는 사람이라고 소개했을 때 부모나 친구들이 어떤 반응을 보일지도 머릿속에서 그려보는 것이다.

그런데 대개는 이런 시뮬레이션을 그려보다가 '사랑'에 이르기 직전에 물러서고 만다. 조건이 딱 맞아떨어지지 않는다거나, 늦은 결혼이니만큼 주변 사람들의 부러움을 살 만한 멋진 상대여야 한다는 이유로 사랑으로 나아가지 못하고 포기하는 것이다. 그래 놓고는 좋아하는 상대를 만나지 못했다고 말하는 경우가 많다.

"나는 부자로 살고 싶어서 결혼하는 것인 만큼 사랑 같은 건 있으면 좋지만 없어도 상관없다"고 한다면 뭐 아무래도 좋다. 하지만 조건을 떠나서 반드시 사랑하는 사람과 결혼하고자 한다면, 앞날을 미리 지나치게 그려보는 것은 삼가는 것이 좋다. 머리 속에서 그리는 상상의 모습에 가려져 정작 '사랑'이 눈에 들어오지 않을 수 있기 때문이다.

　사랑하는 사람과 결혼하고, 그를 통해 사회적인 자립심도 얻고자 하는 사람이라면, 결혼 후의 생활수준이나 타인의 시선이나 평가에 대해서는 자유로워져야 한다. 앞으로 살아나가면서 스스로 해결해 나가겠다는 의지와 다짐만 가지고 있다면, 외적인 조건이나 사회적 시선은 충분히 극복할 수가 있는 것이다.

　내 친구 가운데 한 명은 나이가 아버지뻘은 되는 외국인 남자와 결혼했다. 지방에 계신 부모님이 그런 남자와 교제한다는 이야기만 듣고도 결사적으로 반대하는 바람에 몰래 결혼해서 살고 있다. 직업도 문화도 세대도 다른 그 남자의 어디에 끌렸느냐고 물었더니, 강습회에 다니면서 알게 되었는데 두 사람이 재미있게 느끼는 일이나, 싫어하거나 비판하는 관점이 왠지 비슷하더라는 것이다. 세대도 자라온 배경도 다르지만 생각하는 것이 너무 닮았다는 사실을 서로 신기해하다가 교제를 시작하게 되었다고 했다.

만약 그녀가 지금의 남편에게 호감을 느끼면서도 '그 사람과 연애하고 결혼까지 간다면 부모와 직장 동료들이 어떻게 생각할까', '대학원 동창들이 비웃지나 않을까' 따위를 겁내면서 멈칫멈칫 거렸다면 두 사람 관계는 더 이상 진전하지 못하고 결혼으로 이어지지 못했을 것이다.

하지만 그녀는 자신의 느낌과 생각에 솔직했을 뿐 아니라 주위의 시선이나 앞날에 대해서는 당당하게 맞서는 태도를 취함으로써 '사랑하는 남자와 결혼한다'는 평소의 소신을 관철할 수 있었다.

그녀는 결혼 후에도 이전과 마찬가지로 자신의 일에 굉장히 열정적으로 임하고 있다. 객관적으로 본다면 일 8에 결혼 2 정도의 비율로 사는 것 같은데, 일이 바쁘고 힘들어도 집에 돌아가면 함께 웃고 생각을 나눌 상대가 있어서인지 일도 생활도 안정되어 보인다.

〈주간 아사히〉라는 잡지에 '부부의 정경'이라는 연재 코너가 있는데, 요리연구가 나가시마 도요 부부가 소개된 적이 있다. '주방 할머니'라는 별명으로 불리면서 TV의 요리 프로그램에도 자주 얼굴을 내비치는 그녀는 당시 여든네 살이었고, 남편인 거문고 연주자 모리오카 도진은 예순세 살이었다. 부인이 스물한 살이나 연상인 것이다. 게다가 두 사람이 결혼한 것은 그보다 7년 전이었는데, 그녀는 당시 일흔일곱 살로 초혼이었다.

두 사람의 인연은 모리오카가 TV 프로그램에서 도요의 요리하는 모습을 보고 팬레터를 보내면서 시작되었다고 한다. "웃는 모습이 아름답잖아요. 요리 프로그램에서 처음 본 순간, 밝고 올곧게 살아가는 어머니를 보는 것 같아서 눈을 뗄수 없었어요" 라고 남편은 말했다. 그로부터 한동안 편지를 주고받다가, 노후의 불안과 외로움을 하소연하는 도요에게 모리오카가 "내가 평생 지켜주고 싶다"는 뜻을 전했다. "열심히 살아온 사람의 만년이 외롭고 비참해서는 안 된다" 하는 생각에 여생을 함께 할 결심을 했다는 것이다.

두 사람은 동거냐 결혼이냐를 두고 망설이다가 남남끼리 거북하게 동거하느니 결혼하는 것이 자연스럽다는 결론을 내렸고, 모리오카의 쉰여섯 살 생일에 혼인신고를 하고 시내 호텔에서 피로연도 가졌다고 한다. 모리오카는 "결혼은 마음의 문제이며, 두 사람에게는 그때가 결혼 적령기였다"라고 했다.

아내가 스물한 살 연상인 부부라고 하면 샹송 가수 에디트 피아프와 그녀의 마지막 연인 테오 사라포가 떠오른다. 가수

이자 배우인 미와 아키히로는 두 사람의 연애와 결혼 이야기를 자주 들려준다. 알코올과 마약에 절어서 입원한 피아프 앞에 나타난 사라포는 지극한 사랑으로 그녀를 보살폈고, 건강을 되찾아서 가수로 재기할 수 있도록 힘이 되어주었다.

미와는 두 사람의 사랑이 프랑스에서 미담으로만 받아들여진 것은 아니었다고 말했다.

"파리 사람들은 세련되고 관대하기 때문에 피아프가 연하의 남자와 맺어졌을 때 대부분의 사람들은 축복을 보냈다. 하지만 프랑스는 대단히 금욕적인 가톨릭 사회이기도 하기 때문에 때때로 권력이 사랑의 문제에 개입하기도 한다. 그래서인지 그녀를 연하의 어린애를 꼬드긴 음탕하고 부도덕한 여자라고 비난하는 사람들도 일부 있었다."

미와는 국가가 정책적으로 출산을 장려하던 2차 대전 중에 소년 시절을 보냈다. 그는 패전 후 도쿄의 클럽을 드나들면서 동성애자들이 차별당하고 멸시당하는 현실에 강한 분노를 느꼈으며, 그 일을 계기로 천민부락 해방운동가 같은 메시지가 강한 노래를 만들게 되었다고 한다. 사실 미와가 노래를 통해 그런 운동을 펼친 것은 특별히 인권에 대한 생각이나 평등 의식이 높아서라기보다, "사람은 누가 누구를 사랑하든 다른 사람이 왈가왈부 할 것이 아니며, 사랑한다는 그 자체만으로 인정받고 존중받을 가치가 있다"고 하는 '사랑 만능주의'에 기초해 있었기 때문이었다.

"남자도 사람이고 여자도 사람이다. 그렇다면 남자가 여자를 사랑하든 여자가 남자를 사랑하든 남자가 남자를 사랑하든 여자가 여자를 사랑하든 사람이 사람을 사랑한다는 방식에는 변함이 없다. 그런데도 사람들은 성적 취향이나 기호가 다르다는 이유만으로 타인을 깔보고 차별한다. 이것이야말로 오만이고 파시즘이며 독재이다."

"세상은 사랑과 아름다움만 있다면 충분하다"고 하는 미와의 주장은 대단히 명료하다. 그러니 그의 눈에는 스물한 살이나 나이 차이가 나는 도요 부부나, 피아프와 사라포의 결합도 지극히 자연스러운 일로 보이는 것이다.

대부분의 사람들은 세상이 정한 기준에서 벗어나 사랑으로 맺어진 커플을 보면 속으로 부러움과 선망을 느끼면서도, 자신에게는 그런 용기가 없다고 말한다. 물론 보통 사람들에게 미와처럼 적극적으로 세상과 맞서 싸울 용기를 갖추라고 하는 것은 무리가 있다. 다만 눈앞에 기회가 찾아왔을 때 먼 앞날의 일을 그려보고 따져보면서 주저하다가 그 사랑을 포기한다면, 과연 나중에라도 그만큼 가치 있는 무언가를 얻을 수 있을지에 대해서는 한번쯤 생각해보는 게 좋을 것이다.

앞서 소개한 나이 많은 외국인과 결혼한 내 친구나 도요 부부의 사례가 좋은 교훈이 될 수 있을 것이다. 미와나 피아프처럼 세상과 맞서 싸우지는 못하더라도, 그들처럼 둘이서 살짝 사랑을 키워가며 행복하게 살 수는 있을 것이다. 그리고 사실 세상의 눈이라는 게 생각보다는 두려운 것이 아니라는 점을 깨닫게 될 때, 우리는 더욱 용기를 낼 수 있게 될 것이다.

❀ 후회 없이 결혼하기 위해

이 책에서도 여러 번 말한 심리학자 가시와기 게이코는 최근 여성지 〈코스모폴리탄〉의 출산 특집 인터뷰에서 당당히 출산을 포기하는 선택을 해도 된다는 취지의 발언을 했다.

"아이를 낳아야 여자 구실을 다했다고 여기던 시대는 이미 지났다. (……) 그런데도 일이나 취미에서 보람과 성취감을 느끼는 여성들마저 여자로 태어났으니 아이는 꼭 낳아야 한다는 강박감에 시달리는 것이 걱정스럽다. (……) 일도 잘하고 아이도 잘 키워야 성공한 인생이라고 생각하지 않기를 바란다. 지금은 자녀가 없다고 해서 열등감이나 결핍의 감정을 가질 필요가 없는 시대이다."

일도 중요하지만 고령 출산으로 고생하지 않으려면 한 명이라도 낳으라는 내용 일색인 데다 아이를 키우면서 일하는 방법, 산부인과 선택법 등을 소개하는 잡지인 〈코스모폴리탄〉에서 그의 발언은 대단히 이채롭게 비쳤다.

문제는 결혼이나 출산을 선택하느냐 마느냐가 아니다. 결혼과 출산을 선택한 사람과 선택하지 않은 사람이 서로 분열하고, 선택의 책임을 부모나 타자에게 떠넘기고, 쓸데없는 죄의식과 열등감을 조장하는 현실이 문제이다. 그리고 국가가 개인의 생활을 공동체의 목적에 편입시키려는 상황도 문제이다.

우리가 지향해야 할 것은 그런 이상한 감정, 경쟁, 사회의 압력에서 해방되는 것이다. 그 후에는 결혼을 하든 말든, 아이를 낳든 말든 사실 별 차이는 없다. 그랬을 때 결혼한 사람도 결혼하지 않은 사람도 자신이 선택한 인생에 만족하고 보람을 느낄 수 있을 것이다.

물론 혼자보다는 사랑하는 사람과 함께하는 인생이 더 행복하다. 정열을 쏟을 수 있는 상대를 만나서 사랑하고 사랑받으며 산다는 것은 신나는 일이다. 하지만 사랑에 '언제'라고 정해는 때는 없다. 젊어서 그런 상대를 만날 수도 있지만 피아프처럼 만년에 이르러 만날 수도 있다.

노다 세이코의 《나는 낳고 싶다》의 책 띠지에는 '이제 시간이 없다'는 광고 문구가 적혀 있다. 불임 치료를 받을 수 있는 시간이 얼마 남지 않았다는 의미인 것 같다. 그러나 사랑과 결혼에는 시간제한이라는 게 존재하지 않는다고 보는 게 옳다. 사랑에는 시간제한이 없다는 사실을 받아들일 때 비로소 인생은 행복해질 수 있는 것이다. 노다 세이코에게도 불임을 치료하는 데는 시간제한이 있을지 몰라도, 남편과 애완견, 일에 대한 사랑과 열정에는 무한한 시간이 남아 있다고 해야 할 것이다. 그런 일들이 시간이 없어서 못하는 것보다는 훨씬 소중하고 가치 있는 일이다.

우리는 누구나 마음을 의탁할 안식처나 무조건적인 사랑을 베풀어줄 상대를 바라며 살아간다. 그렇지만 그것이 반드시 결혼을 통해야만 백 퍼센트 얻어질 수 있는 것은 아니다. 그 전에 먼저 자신을 사랑하고 인정하는 법부터 배워야 한다. 사랑과 안식을 얻고 싶다면 상대에게 먼저 사랑과 안식을 베풀 줄도 알아야 하는 것이다. 그런 의미에서 결혼이란 단순히 '편안하다'는 것과는 다른 차원의 일이다.

남자의 외적인 조건만 보고 결혼해놓고는 결혼 후의 생활이 완벽할 것이라고 기대하는 욕심은 버리는 것이 좋다. 결혼을 하고 가정을 꾸리고 살아가는 사람들이 지금 자신의 생활에 만족하는지 어떤지는 본인 말고는 아무도 알 수가 없다. 아내로서도 어머니로서도, 그리고 사회적으로도 인정받는 성공을 거두어야 여성으로서 행복한 삶을 사는 것이라는 고정된 사고방식에서 깨어나고 자유로워져야 한다. 과연 어떻게 살아야 자신에게 가장 행복한 지, 스스로 묻고 답을 찾아야 한다. 다른 사람들의 시선이나 사회적인 기준이 아니라, 바로 자기 자신의 잣대를 발견해야 하는 것이다.

그리고 그것이 사랑하는 사람과 둘이서 가꾸어가는 결혼이라면 망설이지 말고 그 속으로 뛰어들면 된다. 다만 실수였다고 깨달았을 때 되돌아올 수 있도록 용기와 일은 준비해두는 것이 좋다. 나는 그렇게 생각한다.

책을 끝내며

고단샤講談社 생활문화국의 오카베 히토미에게서 《취직이 무섭다》에 이어 비슷한 컨셉트로 책을 써보겠느냐는 권유를 받았을 때 솔직히 말하자면 별로 내키지 않았다. 취직 문제라면 사람들에게 너무 겁내지 말고 한번 도전해보라고 말할 수 있지만, 결혼은 기본적으로 하고 싶으면 하고, 하기 싫으면 안 해도 되는 지극히 개인적인 문제라고 생각했기 때문이다.

사실 내 자신의 처지나 클리닉을 운영한 경험에 비추어볼 때 인생에서 결혼이 얼마나 중요한 문제인지 잘 알고 있다. 개인의 자유로운 선택이라고는 하지만, 결혼을 할 건지 말 건지, 한다면 언제 하고, 누구와 할 건지, 그리고 시집 식구들 문제며 결혼 예복 결정이며, 아무튼 결혼에는 크고 작은 수많은 현안들이 뒤따른다. 그 실태는 도저히 개인의 자유라는 명목으로 가볍게 흘려버릴 수 있는 것들이 아니다. 평소에 결혼 문제에 무관심한 척하던 나 역시 왕실이나 연예인의 약혼 발표 회견 기사가 나면 결혼 경위가 궁금해서 신문이나 잡지를 꼼꼼히 읽어본다. 현실적으로 결혼은 개인을 넘어서는 문제이며, 미혼이든 기혼이든 결혼 문제의 중압감에서 벗어날 수 없다. 물론 나도 마찬가지다.

도대체 무엇이 결혼을 이렇게 우울한 문제, 심각한 사태로 만들어버린 것일까?

왜 우리는 21세기 세상에서도 여전히 결혼을 대수롭지 않은 문제로 여기거나, 가벼운 마음으로 결혼하지 못하는 것일까? 나는 회피할 수 없는 문제라는 사실을 깨닫고, 이번 기회에 '현대의 결혼'에 대해 찬찬히 생각해보기로 했다.

막상 작정하고 시작하니 할 이야기가 너무 많았다. 심리적 문제에서 사회와 국가의 문제에 이르기까지, 옛날부터 있어 왔던 문제에서 현대에 등장한 문제까지 수많은 문제가 얽혀 있어서 도저히 결혼을 가로막는 결정적인 한 가지 요인을 꼽기가 불가능했다. 그것들을 하나하나 풀어가려면 끝이 없을 것 같아서, 이 책에서는 '자신의 문제', '부모의 문제', '여성의 문제', '국가정책의 문제'에 초점을 맞추어 결혼의 장애 요인을 밝혀보기로 했다. 사실은 돈, 교육, 젠더 등 다루어야 할 문제는 많다. 하지만 결정적인 해결책을 찾지 못하더라도 몇몇 장애 요인을 짚어보면서 결혼 문제의 본질을 이해하고 해결의 실마리를 모색하는 작업도 나름대로 의미가 있다고 생각했다.

이 책에는 여러 논문과 문헌에서 인용한 귀한 자료들이 실려 있다. 집필자와 조사자 분들에게 경의를 표하며 인용을 허락해주신 모든 분에게 감사드린다. 그리고 클리닉에서 만난 여성들의 이야기도 소개했는데, 이들 사례는 특정인의 이야기가 아니라 몇 사람의 에피소드를 합쳐 구성한 것임을 양해 바란다. 그 분들에게도 감사드린다.

이 책의 결론은 하나다. 결혼에 대한 올바른 판단을 방해하는 '족쇄'에서 해방시켜 개인의 문제로 되돌려놓자는 것이다. 좀더 극단적으로 말하면 결혼을 순수한 사랑의 행위가 되도록 만들자는 것이다.

결혼을 가로막는 요인들을 걷어낸 후에 결혼하고 싶은 사람은 결혼하고, 하기 싫은 사람은 하지 않으면 된다. 그리고 결혼에도 다양한 형태가 있을 수 있다고 본다. 이 책에서는 소개하지 않았지만, 내 주위에도 사실혼, 별거혼, 연상연하 커플, 황혼결혼, 결혼과 이혼을 반복하는 커플, 싱글 마더 등 다양한 결혼 패턴과 삶의 방식이 늘어나고 있다. 물론 그것을 굳이 '결혼'이라고 부를지는 그 사람의 자유이지만.

　사회는 결혼은 이래야 하고 가족은 저래야 한다는 규범 속에 젊은이들의 의식을 우겨넣으려는 모양이지만, 그것은 불면증을 앓는 사람에게 어서 달콤한 꿈나라로 가라고 재촉하는 것과 같다. 그리고 잠자라고 강요하는 것은 불면증 환자에게는 가장 해로운 처방이다. 수면 패턴은 사람마다 다르니 하루에 8시간씩 꼭꼭 채워서 수면을 취하지 않아도 괜찮으며, 잠이 안 오는데 잠들려고 너무 애쓰지 말라고 안심을 시켜주는 것이 오히려 치료에 도움이 된다. 이것은 정신과 의사 초년생이라도 알고 있는 사실이다.

　그리고 결혼을 개인의 선택 문제로 인정하는 사회 분위기가 형성된 후에도 여전히 만혼화나 비혼화 추세가 진행된다면, 그것은 사회의 필연적인 흐름이라고 볼 수 있다. 사회의 다운사이징을 진지하게 제창한다면, 자유로운 선택의 결과 싱글로 살아가는 사람들을 흔쾌히 받아들일 수 있을 것이다.

　이 책을 통해 결혼을 가로막는 요인들이 무엇인지 제대로 드러났을까? 그 속에서 지금도 반짝이고 있는 희미한 사랑의 빛을 찾아냈을까? 그 평가는 독자 여러분에게 맡긴다.

　마지막으로 이 책을 쓰도록 아이디어를 준 오카베와 미야

케 유카리, 마쓰바라 오스케에게 진심으로 감사드린다.

취직과 결혼에 이어 다음에는 어떤 주제로 책을 쓸까? 이 것 말고도 무서운 것이 무엇이 있을지 설레는 마음으로 생각해본다.

가야마 리카

심리학이 결혼을 말하다

초판 1쇄 인쇄일 2009년 9월 25일
초판 1쇄 발행일 2009년 10월 5일

지은이 가야마 리카_ 옮긴이 이윤정

펴낸곳 (주)도서출판 예문_ 펴낸이 이주현

주간 이영기_ 편집 송현옥 · 배윤희

마케팅 성홍진_ 관리 문혜경

등록번호 제307-2009-48호 _ 등록일 1995년 3월 2일 _ 전화 02.765.2306_ 팩스 02.765.9306

주소 서울시 성북구 성북동 115-24 보문빌딩 2층 http://www.yemun.co.kr

ISBN 978-89-5659-132-2 (03810)

＊이 책은《결혼의 심리학》의 수정판입니다.